女ふたり、暮らしています。

キム・ハナ／ファン・ソヌ 著
清水知佐子 訳

CCCメディアハウス

Japanese edition is published by arrangement with Wisdomhouse Inc. through CUON Inc.
This book is published with the support of Publication Industry Promotion Agency of Korea(KPIPA).

SUNWOO'S HOME

HANA'S HOME

目次

1.

2.

3.

4.

CAST

1.

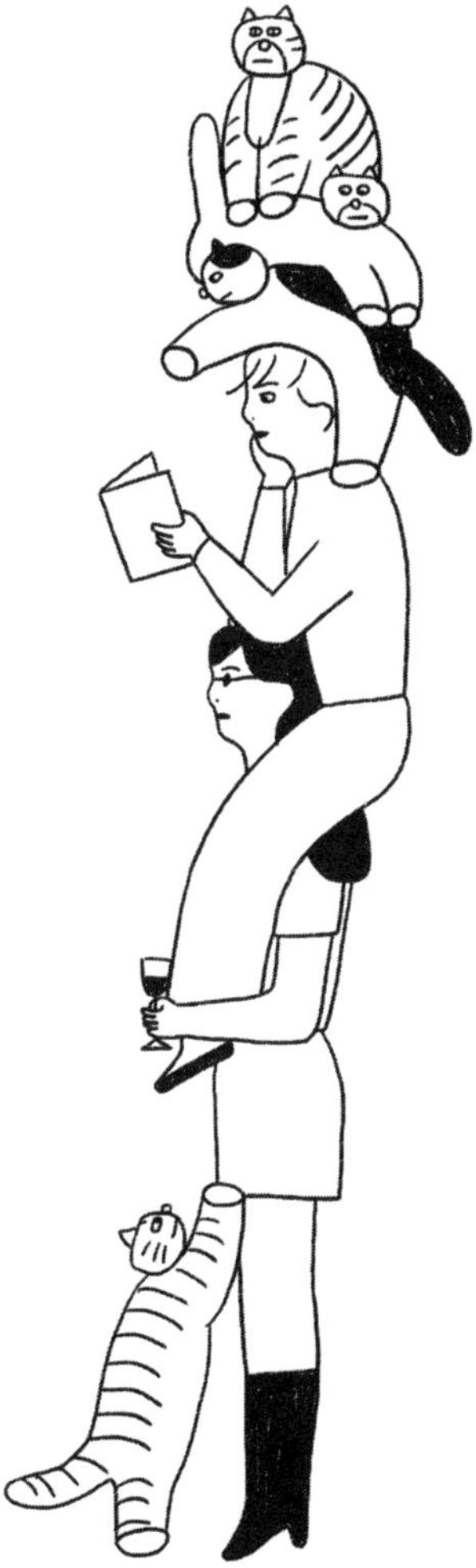

HANA
ハナ

分子家族の誕生

「ひとり暮らしが性に合っている」というのは、十年ぐらいやってみてから言うべきことだと思う。私の場合、初めはひとり暮らしがものすごく楽しかった。友達と一緒に住んだこともあったけれど、決して広いとは言えない空間をシェアするのは、性格と生活習慣がよっぽど合わないかぎり、お互いにストレスの溜まるものだった。完全に私ひとりの空間で、足ふきマット一つから洗濯物の干し方、本の並べ方まで、自分の思いどおりにやるのが私の性格に合っていた（と思っていた）。

ところが、そんな生活が十何年も続くと別のストレスが溜まっていたようだ。いつだったか、釜山《プサン》の実家に帰った時のことだった。朝早くから両親が朝食の準備を始め、何かをぐつぐつ煮たり、がちゃがちゃと食器を並べる音に、私は自然と目を覚ました。ご飯とチゲのにおいがした。その音とにおいに包まれて横たわっていることがこのうえなく温かく感じられ、なぜか涙が出そうになった。そんな些細なことにじんとしたのは、私ひとりで迎える静かな朝の空気はそうではないという意味でもあった。その朝以来、私は、ひとり暮らしのために注いでいるエネルギーについて意識するようになった。特に夜になると、余計な考えや不安のようなものに自分でも気づかないうちにずいぶんエネルギーを使っていた。そのつらさが、ひとり暮らしの気楽さと身軽さと楽しさを超えたのは、その頃ではなかったかと思う。

結婚は解決策ではないように思えた。ただ、ひとりでいることのつらさを避けるために結婚制度と夫の家族と家父長制の中に飛び込むのは、苦労の渦に突っ込むようなバカなまねだった。私をすっかりバカにしてくれる魅力的な男性が現れたなら別だけど。でも、それも私が望んでいることではなかった。私は自然と、違った形の暮らし方を模索しはじめた。友達に一緒に暮らさない？と言ってそれとなく気持ちを探ってみたり、シェアハウスを探したりもした。そうして、私とよく似た事情の友達と出会い、一緒に暮らすことになった。同じ釜山の出身で、長い間ひとり暮らしをしていて、そろそろひとりでもなく結婚でもない生活を考えはじめていて、私と同様、猫を二匹飼っていた。私たちは、銀行ローンを組んで広いマンションを買った。ふたりがそれぞれマンションを買うよりずっといい条件だった。ひとりで買える四十〜五十平方メートルの部屋にキッチン、トイレ、玄関がぎゅっと詰まっているより、それらを備えた約九十平方メートルの部屋をふたりで使うと、広くて快適だった。四匹の猫も、前とは違って広い空間を跳び回るようになった。そして、何といってもここには浴槽がある。ひとりで暮らすのにちょうどいい小さな部屋に大きな不満はなかったけれど、ただ一つだけ、浴槽がないことが本当に残念だった。

同居人と暮らして二年が過ぎた。満足度は最高レベルだ。同居人は料理とあちこち散らかすことと洗濯機を回すこと、私は洗い物と掃除、片づけ、洗濯物を畳むのが担当で、家事の分担は絶妙にバランスが保たれている。夜、さて寝ようかなと横になった時、同じ空間に誰かがいると思うだけで緊張がほぐれる。互いの気配で自然に目が覚め、家の中で毎日交わされるあいさつ（おはよう、おかえり、行ってきます！）によって、日常に活気が吹き込まれる。ひとり暮らしの時、「情緒的体温の維持」のために多くの努力を要したのに比べ、ふたりだとそれが自然にできてしまうのがいい。もちろん、肉体的体温の維持のために、浴槽に浸かることもできる。

それに、最高にいいのは、私たちは今も「シングル」だということだ。お正月や秋夕《チュソク》〔陰暦の八月十五日、中秋〕になると、それぞれの実家に帰る。双方の両親は、私たちが一緒に暮らしていることにとても満足している。ひとりよりずっと安心だと。料理上手な同居人のお母さんは、私の好きなお総菜を作って送ってくれる。私は、わざわざ訪ねていったり、親孝行のための旅行を計画する必要もなく、「おいしかったです！」とひとこと言えばいい。ひとり暮らしの喜びと同居の利点の両方がある。もちろん、私たちはいろんな意味で相性ぴったりの、運のいいケースだ。ひとり暮らし以外には結婚しか選択肢がないと思っていたら、私たちの楽しい同居は不可能だっただろうし、そんなもったいないことはない。

韓国の単身世帯率は二七パーセントを超える〔統計庁の二〇一九年人口住宅総調査によると、単身世帯数は六百十四万八千で、全世帯数の三〇・二パーセントに当たる〕という。単身世帯は原子みたいなものだ。もちろん、ひとりでも十分に楽しく暮らすことはできるけれど、ある臨界点を超えると、ほかの原子と結合して分子になることもできる。原子が二つ結合した分子もあるだろうし、三つ、四つ、あるいは十二個が結合した分子の生成も可能だ。固い結合もあれば、ゆるい結合もあるだろう。女と男という二つの原子の固い結合だけが家族の基本だった時代は過ぎ去ろうとしている。この先、多様な形の「分子家族」が無数に生まれるだろう。分子式にたとえるなら、私たち家族はW_2C_4といったところだろうか。女ふたりに、猫が四匹。今の分子構造はとても安定している。

SUNWOO

ソヌ

「ひとり力」マックスの人

ひとりご飯という概念が注目されるにつれて、そのレベルについて論じられることが増えた。コンビニでひとりカップラーメンを食べるのは何段階、ファミリーレストランは何段階というふうにだ。私はひとりご飯を、それこそご飯を食べるように当たり前に実践してきたので、何を今さらと思う。食べることが好きな人間が二十年もひとりで暮らせば、一緒に食べる人がいようがいまいが、きちんと食事することが習慣づく。文句を言ったり、甘えてみたりしたところで誰も相手にしてくれなければ、大人になるしかない。自分で料理して食べるなり、ひとりでも臆することなく外食をするしかないのだ。空腹と食欲を力に、他人の視線をえいっと振り切る瞬間を経験してしまえば、ひとりご飯はそんなに難しくはないし、楽しいものになる。

私にとって、そんなひとりご飯の強烈な思い出は、大学四年生の秋のことだ。大企業の最終面接を受けて大学の近くまで戻ってくると、おなかが空いたというよりもすっかり元気がなくなっていた。もうちょっと違う受け答えをすればよかったとか、緊張して表情が硬かっただろうなとか、峠を一つ越えてすーっと緊張が解けたのと同時にそんな思いがいっぺんに押し寄せてきた。その会社には合格しないだろうと、その時すでに予想していた。そして、今夜だけでなく、これからも難しい壁を乗り越えていかなければならないんだろうなという先の見えない不安に膝が震えるようだった。それは、全身全霊を傾けて耐えなければならない社会生活に、前もって、凝縮した形でぶち当たった経験だったかもしれない。

その日、私は面接費〔韓国での採用面接では、交通費と面接準備金を合わせた金額が受験者に支払われることもある〕を封筒ごと持って、新《シン》村《チョン》にある一軒の豚カルビ屋に入った。ひとりで食べる時も、肉はふたり分注文するのが鉄板に対する基本的なマナーだ。自炊している学生は野菜を食べる機会があまりないので、サンチュやゴマの葉などでせっせと肉を巻き、味噌チゲとご飯までがっつり食べて出てきた。牛肉だったらすぐに焼けてしまって大変だっただろうけど、豚肉はゆっくり、自分のペースを守りながら食べるのにちょうどよかった。あの時の肉はおいしかったのはもちろんのこと、面接に失敗してちょっとへこんでいた私の心にコラーゲンをたっぷりと供給してくれた。予想どおり、私はその大企業に受からなかったが、代わりにいくつか得たものがある。心と体に元気が必要な時はしっかり食べなければならないという気づき、ひとりで堂々と焼肉屋に入ってふたり分を焼いて食べたという経験、小さな失敗を飲み下す消化力、みたいなものだ。「落ち込んでいる時は肉を食べよう」という教訓を自ら体得したのだ。しばらくして、その時の大企業よりも自分に合っている雑誌社に就職し、会食だの残業だのと誰かと一緒に食事することが増えると、ひとりご飯はむしろ、静かで余裕のある食事だと思えるようになった。

ひとり旅は、ひとりご飯の最高レベルよりさらに二段階ほど上のレベルになる。食事を含め、すべての旅程においてひとりなのはもちろん、経路の選択や移動など、旅の間に発生する数多くの選択を前に、誰とも相談せず、自ら決定を下して実行しなければならない。忙しい友達と日程を合わせるのが難しくてひとり旅を繰り返すうちに、私の「ひとり力」はだんだんレベルアップしていった。どの美術館に寄って展示を観るのか、どの遺跡をパスするのか、早いけれど退屈な直線道路を行くのか、遠回りして風景を楽しみながら海岸道路を走るのか、さっと判断すると同時に行動することに快感を覚えたりしていた。その当時の私は信じていた。ひとりは秩序と似ていると。早くて、楽で、美しいという点で。

四年前には、ついにひとりでサーフィンを習いに行った。私より何週か先にサーフィンを習った友達にすっかりそそのかされ、平日に二日間の有給を取った。友達が勧めてくれた江原道《カンウォンド》襄陽郡《ヤンヤングン》の竹島《チュット》海岸にあるサーフショップ兼ゲストハウスに講習と宿泊を予約し、車で向かった。ソウルよりひと足早く季節の変わり目を迎えていた寒渓嶺《ハンゲリョン》〔江原道麟蹄郡北面と襄陽郡西面の間にある峠。海抜一〇〇四メートルとも九二〇メートルとも言われる〕は、晩夏と初秋の両方のまばゆさをたたえていた。私は好きな時に好きな所に車を止めて、思いきり感動すればよかった。ただ、それを聞いてくれる人がいないだけだ。

初めて習ったサーフィンはどれだけ面白かったことか。手足をぴたっとはめこむように、ちょっと怪しい姿勢で着たり脱いだりするウェットスーツに始まり、浅黒く焼けたサーファーが行き来する海岸の異国っぽい雰囲気まで、新鮮で不思議な経験だらけだった。背丈よりずっと長いサーフボードは思った以上に重く、それを足首につないだまま海の中へ入って波を待つことを繰り返すのは、かなりしんどかった。ほどよい波が近づいてきたら、一生懸命パドリングをしてすーっと前に進み、素早く立ち上がってバランスを取らなければならないが、何度もつんのめって海水を飲んだ。そうやっているうちにテイクオフに成功し、すいすい波に乗って海岸に戻ってきた時の感動といったらなかった。スノーボードや水上スキーもやったけど、サーフィンには波と重力、そして水の質感が作り出す、また別の面白さがあった。大きなボードを抱えて何度も沖へと向かい、いい波が来るのを待つのも納得できる大きな快感だった。

そこは東海岸、講習を終えた後の夕食には刺身を食べないわけにはいかない。一人前ではコースを出していない所が多く、何軒か電話をかけてようやく予約できた。ひとりで車を運転していっておいしく食事した後、ゲストハウスに戻った。すべてが予定どおりで、着々とスピーディーに進み、新しい経験がぎっしり詰まった二泊三日だった。驚きの瞬間も、挫折の瞬間も、いつものようにひとりだった。そして、もう十分だという気がした。私は、ひとりだからという理由でできないことがあるのが嫌で何でもひとりでやってきたし、かなりうまくやってきたけれど、世の中には大勢でやった方が楽しいこともあるということを自然と受け入れられるようになった。

映画『ボンジュール、アン』（二〇一六）でアン・ロックウッド役のダイアン・レインの旅は、偶然同行することになったフランス男のせいで時間が遅れ、予定になかったことが割り込んでくる。彼は、景色の美しい場所ではシートを敷いてピクニックをしなければ気が済まず、たとえ運転できなくなったとしてもワインのない食事は想像もできない、そんなフランス男だ。遅くて非効率的なルートにイライラするが、同行者がいなければ決して入っていかなかったであろう横道は、驚くほど美しい風景を見せてくれる。アンが直線道路を疾走し、最短距離で目的地に到着していたら、映画は始まった途端に終わってしまっただろう。そうやって遠回りをして、止まって、休みながら行く鈍行の旅程の中に、自分の意図や計画から外れた「事件」を引き寄せてくる誰かがいたからこそ物語が成立したのだ。

ひとりの頂点に達したサーフィンの旅行以来、私は山頂から下山するように自然と、仲間と一緒に何かを計画する方向へと変化していった。早速、その年の秋に友人と三人で十日間、日本を旅行し、翌年の冬からは今の同居人と一緒に暮らすことになった。今でも私は、ひとりで食べるご飯をおいしいと思うし、ひとり旅の気軽さが好きだ。その一方で、こう思うようになった。ひとりですることはすべて記憶になるけれど、一緒にやれば思い出になると。感動も不平不満も、心の中でつぶやけるだけつぶやいた後には口に出して確認したくなるものなのだ。

HANA
ハナ

この人ならどうだろう

私がファン・ソヌの存在を初めて知ったのは、二〇一〇年だった。南米旅行から帰ってきてツイッターの面白さに目覚め、誰をフォローしたらいいかと何人かに尋ねたら、ファッション雑誌『W Korea』のエディター、ファン・ソヌを推薦してくれた。IDは、ビーストロングナウ（@bestrongnow。たいていの人はベストロングナウと読み間違える）。強さを語る女というのがとりあえず気に入ってフォローしてみると、あらゆる分野において博識でセンスとユーモアにあふれる人だったので、よけいに好きになった。

『W Korea』をはじめとするさまざまな媒体に掲載されるファン・ソヌの文章は、いつも興味深く、胸に響いた。誰がこんなに明快でうまい文章を書いたのだろうと思って見てみると、最後に「エディター　ファン・ソヌ」と書かれていた。休むことなく全世界を回り、ティルダ・スウィントン〔『フィクサー』（二〇〇七）でアカデミー助演女優賞を受賞したイギリスの女優〕、アラン・ド・ボトン〔スイス生まれの哲学者。著書に『哲学のなぐさめ　6人の哲学者があなたの悩みを救う』（安引宏訳、集英社、二〇〇二）など多数〕、ジェフ・クーンズ〔アメリカの現代アーティスト。バルーンアートのような形状の、鏡面処理を施したステンレス製の作品が有名〕、アニー・エルノー〔フランスの作家。邦訳に『嫉妬』（堀茂樹・菊地よしみ訳、早川書房、二〇〇四）などがある〕、ジャン＝ジャック・サンペ〔フランスの漫画家、イラストレーター。アメリカの名門誌『ザ・ニューヨーカー』の表紙のイラストで知られる〕、李《イ》禹《ウ》煥《ファン》〔韓国生まれの現代美術家。日本を拠点に世界的に活躍している〕、ポール・オースター〔アメリカの小説家、詩人。邦訳に『幽霊たち』（柴田元幸訳、新潮文庫、一九九五）など多数〕ら、錚々たる面々にインタビューする姿はかっこよく見えた。

ファン・ソヌと初めてオフラインで会ったのは、ツイッターで知ったフリーマーケット会場で、その日、グラフィックデザイナーのイ・アリとも初めて会った。その時は、イ・アリと同じマンションで暮らしたり、ファン・ソヌと一緒に暮らすことになるとは夢にも思わなかった。ファン・ソヌとは遊びの趣向が似ていて、飲み屋やコンサート会場、音楽祭などで偶然会うこともあり、一緒に遊んだりしながら一年に二、三度顔を合わせる関係になった。そうして六年が過ぎた。実際に会うのはときどきだったけど、ツイッターではよくやりとりをした。ふたりとも猫二匹と一緒に暮らしていたので、猫の話題も多かった。特に、寝付けない夜にツイッターで私が何かつぶやくと、同じように寝付けないでいたファン・ソヌが共感たっぷりの返信をしてくれた。今では信じられないことだが、ファン・ソヌはずっと不眠のアイコンだった。私も当時は、睡眠障害を抱えていた。

　そうして何年か、親しくはないけれど知り合いの一人としてファン・ソヌと付き合いながら、不思議だなと思うようになった。似ている所がとても多かったのだ。ファン・ソヌは、一九七七年五月生まれで、住民登録上では六月生まれだ。私は一九七六年十二月生まれで、住民登録上は一九七七年一月生まれ。ふたりとも一九七五年生まれの兄がいて、名前は「ハヨン」「ソニョン」と女みたいな名前で、子どもの頃は、私たちより兄たちの方がずっとかわいかったという点も同じだった。ファン・ソヌは早く小学校に入ったので、私と同じ学年だった。ファン・ソヌは釜山・広安里《クァンアンリ》出身で、私は釜山・海雲台《ヘウンデ》出身。ともに釜山の有名な海水浴場で幼少期を過ごしたわけだ。

　ふたりとも十九歳でソウルに上京し、釜山を離れたのだが、驚いたことに私たちが進学したのは同じ大学の同じ学部で、ファン・ソヌは英文学科、私は国文学科だった。一緒に暮らすようになって話をしてみると、細かい所まで共通点があって本当に不思議だった。ふたりとも高校の内申書が運よくぎりぎりで一級〔内申書の等級や名称は時代と共に変化しているが、キム・ハナとファン・ソヌの高校時代には一から十五級まであり、一級は全校の上位三パーセントに該当〕になり、その足切りラインの全校八位だったことまでまったく同じだ（参考までに、ファン・ソヌは、私より成績がよくて四年間奨学金をもらったが、私は、奨学金をもらっていたこともあったけれど、学期ごとに申請しなければならないことを知らずに、その後もらい損ねた）。

ふたりとも音楽とお酒が好きで、好みも似ていて、大学時代からずっと通っているカフェや飲み屋がダブっているのはもちろんのこと、あるミュージシャンの同じコンサート会場にいたことも何度かあった。音楽フェスというフェスにはすべて出かけていたことも同じだったから、もし、私たちのGPSデータを遡って分析することができたら、ほんとに面白い結果になると思う。間違いなく大学の廊下ですれ違ったり、居酒屋の隣のテーブルに陣取っていたり、音楽フェスのトイレの列に一緒に並んでいたり、コンサート会場の同じ列に座っていたりしただろう。

映画『ラヴソング』（一九九六）のラストシーンのように、ふたりが初めてあいさつを交わすより前に、知らない人たちの中に紛れて近くですれ違っていたかもしれない。こうしたすべての事実がわかると、どうして私たちはこれまで互いを知らずにいたのかが不思議で、残念だった。なぜなら、私たちはあまりにも気が合うからだ。

ある日、久しぶりにファン・ソヌと一対一で会ったことを思い出す。私たちは一次会でワイン、二次会でビール、三次会でウイスキーを飲みながら話をした。ファン・ソヌは、私がどんな話題を振っても答えてくれるので会話が途切れることがないし、博識だけれどそれを自慢することもなく、話していてとても楽しかった。バックグラウンドや趣味が似ていることもあったけれど、何よりふたりとも冗談が大好きでユーモアセンスが似ていたので、その日はずっと笑い転げていた。

その後、私たちはしょっちゅう会い、一緒に映画や美術展を観て、お酒を飲み、音楽を聴きながら夜遅くまでおしゃべりをして、すっかり親しくなった。ファン・ソヌは性別に関係なく、私が今まで出会った中で最も魅力的な話し相手だった。いろんな話をするうちにファン・ソヌも、二十年近く続けてきたひとり暮らしから脱却する、別の形の生き方を模索していることがわかった。会えば会うほど、この人ならどうだろうという思いが募った。実は、私にはすでに目星を付けた物件があり、それを購入するにはパートナーが必要だった。私は、この人と一緒に暮らしたかった。

SUNWOO
ソヌ

他人という見知らぬ国

亜熱帯の空港に降り立つと、まず鼻が反応する。ずっと鼻炎と共に生きてきた私は、乾燥する季節になると鼻呼吸がしづらくて苦痛だ。だから、東南アジアの都市やサイパンのような暑い島に到着して空港から一歩外に出た時の、もわっとした空気に体を包み込まれる瞬間が好きだ。そんなふうに体温がぐっと上がる時に感じる喜びは、無邪気に駆け寄ってくる子犬を全身で抱きしめる時と似ている。数時間のフライトの後に待ち受ける、飛び立った場所とはまったく違う空気と日差し、草木と風景、建築様式と食べ物から受ける総合的な衝撃は、それぞれの要素を一つひとつ分けてしまっては無意味な、一つの塊として迫ってくるその場所だけの特性だ。

一方、人もそれぞれ異なる気候帯と文化を持つ外国みたいなもので、誰かと一緒に過ごすことは外国を旅行するような興味深い経験になる。「他人は地獄だ」という流行語もまったくの嘘ではないけれど、私が思うに他人ほど完全なエンターテインメントはない。自分だけの世界観、音楽の趣味、関心事と話し方、表情と身振り、信念と創造力、冗談の言い方——こうした要素はその人固有の雰囲気と魅力を形成する。そして、互いの違いを尊重する旅行者としての礼儀を尽くせば、私が持ち合わせていない美しさを目にすることができる。

キム・ハナを初めて知ったのはツイッターだった。トル《ちび》、あるいはキムトルコン《ちびまめ》（@kimtolkong）というあだ名で通っている彼女に実際に会ったのは、イ・アリと私が一緒に出店したあるフリーマーケットで、その名の通り小さくて丸っこいなという印象だった。その場にいた三人が、何年か後に同じマンションに、しかもそのうちのふたりは同じ部屋に住んでいるのだから、人生とは本当にわからないものだ。

キム・ハナが編集長を自任していた「キャッチボール・ウィークリー」のことを知り、集まりに参加するようになったのもその頃だ。ウィークリーとはいっても週刊の刊行物ではなく、不定期のブログ投稿がベースとなっているそのコミュニティは、「友よ、無為に日を重ねよう！」というモットーの下、時間の都合のつくメンバーがゆるやかに集まり、景色のいい所で下手っぴなキャッチボールをするのが主な活動だった。蛍光色で、人気キャラクターの絵が描かれていて、プラスチック枠にマジックテープが張られたグローブで軽いボールを投げたり受けたりするような、まさにそんな集まりだった。
キム・ハナのブログには「キャッチボール・ウィークリー」以外にも、半年間に及ぶ南米旅行記が連載されていた。私が「いつかは行きたいな」と夢見ながら行けずにいた場所だった。広告会社を辞めて時間に余裕のできたキム・ハナは、コピーライターとして築いてきたもの書きとしての力量を存分にブログで発揮させていた。私は取り憑かれたように、すべての記事を読みふけった。まるで、アイドルにはまった人のような集中力で。彼女は、自らの目指すところでもあるキャッチボール・ウィークリーの精神を次のように明かしていた。

ひとりの人間として本当に自負すべきなのは、
家の広さや乗っている車の種類ではなく、自分の友達だ。
その友達が、どれだけ社会的に認められているか、
どれだけ力を持っているかではなく、

どれだけ料理が上手か、
あるいは、どれだけご馳走されるのが上手か、
どれだけよく寝て、どれだけ歌が上手で、どれだけ強いか。
一緒にどれだけたくさんのお酒を飲み、
他愛のない思い出をどれだけ共有しているか。
人生で本当に自負すべきなのは、そういうことだ。

キム・ハナは、仲間たちの中心となって会を作り、引っ張っていく小さな大将みたいな人だった。自分の世界観が確立されていて、その考えを個人の中に留めておくのではなく、コミュニティを作ることを目指していた。もちろん、一緒に暮らしてみると、明るさの中にある暗さや内面に抱えている孤独を目にすることもある。内向性が強く、ひとりで本を読む時間からエネルギーを得ている人が、反対にコミュニティの価値を追求するというところに人としての多面性が見られる。

反面、私は人間関係の乗り換え駅みたいに顔が広いと言われるけれど、人に

会う時は二、三人ほどの少人数の方が気が楽だし、お酒の場よりもお酒そのものが好きだから、人に会うのは一緒に飲む人を探すのが主な目的だ。外交的であると同時に自己中心的で個人主義の私にとって、キム・ハナを通して自我の境界が広がっていく感じが不思議だった。この人と一緒に暮らしてみてもいいかもと思うに至ったのにはまさに、そんな広い垣根の中に、いい影響力を持つ波長のそばにいつも身を置いていたいという気持ちも作用していた。

「友達は社会的、情緒的な安全網だ」。キム・ハナがいつも強調しているように、私たちは互いに頼り合いながら一緒に暮らしている。違う温度や湿度を持つ気候帯のように、キム・ハナの「褒め言葉爆撃機」（キム・ハナが進行役を務めるポッドキャストで得たあだ名でもある）的な一面に、私が最も直接的な恩恵を被っているように、人は一緒に暮らす人を取り巻く総合的な環境となる。一緒にたくさんお酒を飲み、他愛のない思い出が積み重なっていく。料理がうまい、あるいは、ご馳走になるのが上手だということに自信を持ってもいいということを、私は同居人から学んでいる。キム・ハナという新大陸を発見して開かれた、新しい世界だ。

HANA
ハナ

私をとりこにした望遠《マンウォン》居酒屋

暮らしの風景はみんな違う。大家族と核家族、一戸建てと共同住宅によって住居の形態は大きく分けられるが、それぞれの住まいの形はみんな違う。住居の形態は概念ではなく、具体的な事例を通して誰かのモデルになったりもする。私にとって、そんな強烈なモデルになったのは、「望遠《マンウォン》居酒屋」だが、それについて語るには、まず私の友人、キム・ミンチョルについて話さなければならない。キム・ミンチョルは『すべての曜日の記録』『一日の趣向』（いずれも未邦訳）など、すてきな本を何冊も書いている作家で、『すべての曜日の記録』には私が推薦の辞を書いた。

私は、二〇〇五年一月にキム・ミンチョルに初めて会った。広告会社ＴＢＷＡコリアに初出勤すると、同じ部署に入社したての新人コピーライターがいて、それがキム・ミンチョルだった。男みたいな名前だけれど女だった。そこは私が勤めた二つ目の会社で、課長代理だったのだが、前の会社では後輩のコピーライターがいなかったので、キム・ミンチョルは私にとって初めての「直属の部下」となった。男みたいな名前から、私はキム・ミンチョルを「チョル君《グン》」という愛称で呼んだ。

私たちは二年余りの間に多くの仕事を共にし、とても親しくなった。今でも私のポートフォリオの重要な位置を占めるＳＫテレコムの「現代生活百書」、ネイバーの「世の中のすべての知識」、ＬＧ電子のエックスキャンバス、現代カード、日産のインフィニティなど、多くのキャンペーンにチョル君と一緒に携わった。チョル君と私は相性がよく、互いに足りない部分を補い合い、頼りにしていた。

チョル君は、この世で私が信頼する人のうちのひとりになった。私は、チョル君がチョン・イリョンとブラインドデートをした日のことも覚えている。それから何か月かして、私に彼を紹介してくれた日のことも。チョン・イリョンのニックネームは「昼《ナッ》に出た星《ピョル》」、略して「ナッピョル」だったので、私は彼らを「チョル君ナッピョル」カップルと呼んだ。私が会社を辞めた後、ふたりは飲み友達に変わり、いまも変わらずとても親しく付き合っている。南米を旅行していた半年間でいちばん残念だったのは、ふたりの結婚式に行けなかったことだった。

彼らは結婚後、望遠洞《ドン》〔洞は日本の町に当たる〕に新居を構えた。お酒の強さに関して言えば絶対的な強者である彼らは、部屋のインテリアを居酒屋風に仕立てた。その家の名前は「望遠居酒屋」となり、私は自分のことをまるでそこの常連客のように思っていた。望遠居酒屋は、チョンセ〔契約時にまとまった金額の保証金を預けることで家賃が免除される韓国固有の賃貸システム。契約期間は二年で、更新時に保証金を値上げするのが一般的〕契約満了に従って望遠洞の中で何度か転居し、最終的には、漢《ハン》江《ガン》公園の入り口にあるマンションを買ってそこに落ち着いた。大々的な内装工事もし、なんと、本格的に雰囲気のある飲み屋のような部屋を作ってしまった。前に望遠遊水池があって展望がぱーっと開けたその部屋は、私の心をぐっとつかんだ。

実を言うと、私は共同住宅があんまり好きな方ではなかった。物心ついた頃から住んでいたマンションは海雲台海水浴場の目の前で、わが家は一階だったけれど海が少し見えた。どれだけ近かったかと言うと、夏には家から水着を着て浮き輪を腰につけたまま、行ってきまーすと海辺まで歩いていけるぐらいだった。
十九歳でそこを離れた後、私はソウルで多様な形態の住まいを経験した。下宿をしたこともあるし、親戚の家に住まわせてもらったこともあるし、ひとり暮らしもした。多世帯のテラスハウス、マンション、オフィステル〔「オフィス」と「ホテル」を合わせた造語で、事務所としても住居としても使えるビル〕、一戸建てなどを転々とした。ひとり暮らしが長くなり、ある時、「自炊生活」からちゃんとした「シングルライフ」に変えるために家具や日用品を買い替えた。そして、自炊生活の寂しさがつらく感じられるようになると、別の形の暮らしを模索しはじめた。頭の中で描いた理想の形は、一戸建てだった。ソウルのマンションはちょっと窮屈に思えた。部屋がいくつかあって小さな庭もある家を友達とシェアして使うといいんじゃないかと思った。

　何にでも名前をつけるのが好きな私は、それを「掘り出し物件プロジェクト」と名づけた。名前をつけて触れ回っておけば、それを聞いた人が私の理想に合った物件を見つけた時に知らせてくれるに違いないと思ったからだ。なぜ「掘り出し物件」なのかと言うと、持ち主が外国にいたりして、思ったよりめちゃくちゃ安く売りに出されている家があると聞いたからだ。私が所属している「浅い知識」というコミュニティでも、しょっちゅう「掘り出し物件プロジェクト」の話をし、メンバーで建築家のイム・テビョンさんと一緒に、延禧《ヨニ》洞《ドン》にある大きな家を何軒か見に行ったりもした。家と庭は大きくてすてきだったけれど、「掘り出し物件」ではなく、とんでもなく高くて、しかも部屋の大きさと方角がばらばらだったので、各自の部屋を決める時に同居人ともめそうだなと思った。その後もあれこれ家を見て回り、メンバーたちからそれとなく情報を集めてみたりもしたけれど、なかなか私の頭の中にある理想の絵には至らなかった。

そんな時、「望遠居酒屋」を見てすっかり惚れ込んでしまった。私が子どもの頃に住んでいた「海雲台マンション」みたいに目の前がぱーっと開けていて、閉塞感がまったくなくて、しかもたった一棟しかないので、大規模マンションのような雑然とした感じもなかった。立地もよかった。ジェントリフィケーション〔都市の再開発などによって地域が活性化し、地価が高騰して居住者の階層が入れ替わること〕の流行で最近話題の望遠洞だが、そのマンションは繁華街からだいぶ離れた場所なので、騒がしくなる危険はあまりなさそうだった。

参考までに、私はソウルのジェントリフィケーションの真っただ中で長く暮らしていた。「西村《ソチョン》」と呼ばれてもいなかった頃から、景福宮《キョンボックン》〔朝鮮王朝の王宮。ソウル市鍾路区にある〕の西側にある孝子洞《ヒョジャドン》近辺のひっそりした感じが好きで静かに暮らしていたのに、いつの頃からか話題スポットとなり、あっという間に家の前も裏も隣もすべて工事現場になってしまった。十年以上その町に住んでいたが、工事の騒音が絶える日はなく、よそ者でごった返すようになった。そして、日ごとに変わっていく路地の姿とあまりにも高騰してしまった家賃が原因で追い出されるようにその町を離れた時は、かなりモヤモヤした気持ちだった。

望遠居酒屋の立地なら、そんな危険にさらされることもなさそうだった。広さは約百平方メートル。部屋は三つでトイレが二つ、広々としたリビングとベランダと多目的室があった。友達とふたりで住むのにぴったりだと思った。ファン・ソヌと親しくなる前からそのマンションに目を付けていたのだが、ついにファン・ソヌが私のレーダーに引っかかった。ちょうどいい物件とぴったりのパートナーが見つかり、私は具体的に夢を見はじめた。

SUNWOO
ソヌ

二種類の人間

「世の中には二種類の人間がいる」

これは私が文章を書くにあたり、どう書きはじめるべきかアイデアが浮かばない時にときどき使う陳腐な書き出しの一文で、キム・ハナと暮らしながら悟りはじめた新鮮な真実でもある。外出のたびに服のコーディネートに頭を悩ませなければならないことにストレスを感じる人がいる一方で、二日連続で同じ服を着なければならないと憂鬱になる人もいる。同じ服装で過ごすことが、ある人にとっては悩みを減らしてくれる簡単な方法である一方で、ある人にとっては変化の楽しみを奪われることであり、苦痛となるのだ。ひとりは仕事をする時には音楽も聴かず、ひとりはパソコンに文書から、映像、検索、チャッティングまで五つほどウィンドウを立ち上げて、代わる代わる開きながら仕事をする。旅行先では、スマホを遠ざけて現地の空気のにおいまで一つひとつ記憶として刻み込むのが本当の旅行だと信じる人がいるとすれば、ネット世界とのコミュニケーションを絶対にあきらめられず、移動中もせわしなく情報を検索しながら、次の日程を次々と組んでいく人がいる。

ここまでの話で前者はキム・ハナ、そして後者は私だ。キム・ハナにとって皿洗いは生活の中に訪れる瞑想の時間で、私にとっては料理がいちばん面白い遊びだ。お気に入りのボディソープを見つけたキム・ハナが、絶賛しながら同じものを何本も使いつづけて純情を捧げている時、私は名前も覚えられない世界各国のさまざまなブランドの、さまざまな香りのボディソープを五種類以上並べて、毎日違うもので体を洗っている。私たちふたりは、こんな些細な違いを軽く二十個は挙げることができるが、それだけで紙面を埋めてしまうと、「世の中には二種類の人間がいる」で文章を始めるのと同じぐらい怠けることになる。とにかく、私が玉をいくつも持ってジャグリングしながら、走るように早く、せわしなく、複雑に生きている人だということを、そうではない同居人を見ながらたびたび感じる。

理解の範疇を超える違いもある。私はキム・ハナを通して世の中にはイチゴが好きでない人もいるということを知ったが、いつもうっかりそれを忘れてしまって、一緒に買い物に行くたびにあらためて驚くことになる。そうして、訝しく思いながら一粒、また一粒と食べているうちに悲しくなる。これがおいしくないだなんて、そんなのあり得ないと。だけど、一緒に暮らす人が必ずしも同じものを好きである必要はない。誰かのことを理解しているからといって必ずしもその人と親しくはならないように、理解できない人のそばで一緒に暮らすこともできる。自分と違うからといって、変な目で見たり、評価したりしないことは共存の第一条件だ。

ところが、衝突の原因になる違いもある。物を所有することを負担に感じ最小限に抑えようとする人と、ショッピングを喜びやストレス解消の手段と考え、手に負えないほど買い込む人がいたらどうなるか。ある人はあらゆる物の定位置を決めて使った後は元に戻し、ある人は使った後にそれを置いた場所が新しい定位置になる。これも前者はキム・ハナ、後者は私だ。私たちの最も決定的な違いであり、しばしばけんかの原因になるこの部分についてはあとで詳しく書くけれど、どう見ても問題の原因を提供している後者の立場としては、変わろうと努力しているんだけどと言い訳するしかない。互いに違うと強く思っていた領域は、一緒に暮らしながらぶつかり合って削られていき、互いを侵食しながら、少しずつ変質したり変化していく。

他人を近くで見守りながら一緒に生活すると、いろんなことを教えられる。世の中には私とはずいぶん違う性向や選択が存在するということがわかり、意識しないまま生きてきた自分の特性を意識するようになる。そして、最大の学びは、こんなに違う人同士でも互いの違いを尊重しながら一緒に暮らせるという可能性を知ったことだ。違いと同じぐらいたくさんあるふたりの共通点のうちの一つは本が好きだということだが、私たちは本を愛する方法も違っている。たとえば、私が、五万ウォン〔二〇一九年二月十五日現在で約四千九百八円〕以上買うと二千ウォン分のマイレージが追加されるというキャンペーンにつられて、全部読めそうになくても興味のある本をとりあえず買っておいてぱらぱらと読む反面、キム・ハナは、そうやって本が積まれていることにプレッシャーを感じるタイプで、どうしても読みたい本を一冊ずつ注文する。そうやって大事に守ってきたキム・ハナの空間を、私がどっと注文した本の山が侵食することになる。

ところが、キム・ハナが本のポッドキャスト「チェキラウトーキム・ハナの側面突破」の進行を任され、新刊本をセレクトして紹介するようになってから、私の無秩序な本の山が効果を発揮している。注文した本が届いたら開梱してリビングの隅に積んでおくと、いつの間にかキム・ハナが一冊ずつ持っていって読んでいるのだ。まじめな読書家でハマりやすい性格のキム・ハナは、いい本に出会うと誠心誠意熱中する。キム・ハナは新しい本を一覧できる場所を確保しておけば次々と新しい本が読めるし、私は私で関心のある本を買っておけば、優秀な専属ブックレビュアーが先に読んで論評してくれる。買う本の数は変わらないのに、私は前よりたくさん本を読んでいる。

相似点が人を互いに引きつけ合い、相違点が互いの間を埋めてくれる。私とよく似た人がこの世に存在したとして、果たしてその人と私はよい同居人になり得ただろうか。きっと、心の奥底で理解しながらうんざりし、逃げ出していたに違いない。キム・ハナと暮らしながら私は、少し物欲が減り、いくらか整頓できるようになり、ちょっと気が長くなった（と信じたい）。私がキム・ハナに対して感じているように、こんなに違う私と一緒に暮らしてよかったと思う瞬間が、キム・ハナにもときどき訪れるといいなと思う。果肉がぎっしり詰まった丸っこい陸宝《ユッポ》とか、甘酸っぱい香りのバランスがいい竹香《チュクヒャン》とかいう新しいイチゴの品種を知ったり、チキンを一緒に食べる時に私が好きなモモ肉、キム・ハナが好きな手羽先と首の肉を自然に譲り合って食べたりしながら、小さな余白が埋められていくように。

HANA
ハナ

そのマンションを逃すな

私はわざと、チョル君ナッピョルに私とファン・ソヌを家に招待してもらうように仕向け、ワインを持って望遠居酒屋を訪ねた。さすが、ハイレベルの愛酒家夫婦らしく、彼らは最高のもてなしをしてくれた。すてきな音楽とおしゃれなおつまみ、興味深い会話と見事な流れで酔いが次第に回っていき、ある瞬間、一気に酩酊状態に！　望遠居酒屋に招待されるといつもそうであるように、その日もまた私たちは楽しくお酒を飲み、気分よく酔った。

本とレコードとチョル君が作ったお皿、ナッピョルが集めたフィギュアの数々がリビングを取り囲む本棚や飾り棚に美しく、整然と並べられていた。空間が広くてきれいに整理されているので、ごちゃごちゃした印象はなかった。本好きの夫婦らしく、一部屋丸ごと図書館みたいに本棚を並べて使っていた。夫婦そろって広いキッチンで作ったおいしい料理がテーブルに運ばれてきた。リビングの全面ガラス窓の外には望遠遊水池や大きな運動場が広がり、夜になるとスポットライトが点灯され、静かで瞑想的だった。完璧だった。

私はワイングラスを軽く当てながら、ときどきファン・ソヌにささやいた（当時は丁寧語を使っていた）。「ほんとにここは完璧でしょう？」「遊水池が見下ろせるなんて、すてきすぎます」「ああ、こんなマンションでふたり一緒に暮らせたら、とても幸せだろうな」とかとか。ファン・ソヌも眺めのいい快適な部屋で幸せな時間を過ごしながら、いろんなことを感じているみたいだった。

その日以来、私はファン・ソヌに、「私の理想はチョル君のマンション」であることをしっかり知らしめた。ファン・ソヌもそこが気に入っていた。ふたりのチョンセ保証金を合わせてローンを組み、このマンションを一緒に買うのはどうかと提案した。しかし、ファン・ソヌはいくつかの理由でためらった。

一、論峴洞《ノンヒョンドン》（ソウル市江南区）にある職場まで通うのに時間がかかりすぎる。
二、奥まった所にあって、周辺の道がひっそりしている。
二の一、家の近くにお店とかが何もない。

三、家を「買う」ことを考えたことがない。
四、ふたりの保証金を合わせても、資金がかなり不足している。

今考えてみると、どれも妥当で決定的な理由だ。でも、当時の私はそんなものはいくらでも克服できると思っていた。決して、それらを大したことではないと思ったわけではなかったけれど、私が情熱と誠意を尽くしてファン・ソヌの気持ちを変えてみせると思っていた。参考までに、私は物欲があまりない方だ。セールだからといって、必要のない物を買うこともなく、新商品だからといって目が行くこともない。その代わり、ごくごくまれに、ものすごく気に入った物があると値段が法外に高くない限り何としてでも手に入れ、長く、ずーっと長く使う。きれいに使って念入りに手入れもするし、たとえ毎日使う物でも、使うたびにうれしくなる。こんな性格の私が、この家に完全に「ハマって」しまったのだ。それに私は、コピーライターではないか。私は一つひとつ一生懸命、ファン・ソヌを説得した。

一、論峴洞から江辺北路《カンビョンブンノ》〔漢江沿いにある自動車専用道路〕に乗って帰ってくれば、今住んでいる上水洞《サンスドン》〔ソウル市麻浦区〕の次の次の出口が望遠洞だし、このマンションも江辺北路に近い。

二、ひっそりした道は車で通ることになる。歩いてくる時は私が棒切れを持って必ず迎えにいく（私は、ひっそりした道は怖くない方だ）。

二の一、奥まった所にあるから、このマンションは目の前が開けていて静かなのだ。必要な物があれば、私が自転車で行って何でも買ってくるし、それに最近は、買い物やクリーニングなど多くのことが宅配で解決できる。

三、二年に一回引っ越したり契約更新をする生活は不安定だ。もう四十代なのだから住まいを安定させ、出費と生活を見直す必要がある。

最後に四番が残った。私が理性的で経済観念のしっかりした人だったら、これを最も強力な不可能要因と考えただろう。でも、私はこれを最も高い障害物ぐらいに思っていた。この部分だけ、ファン・ソヌを説得するのに成功すればいいと考えたのだ。私は、自分が持っている資金と融通できるお金の規模、自分の信用格付けについて、まったくわかっていなかった。

四、私たちは家を買うのだから、それを担保にローンを組むことができる。家の価格の七〇パーセントまで可能らしい。私たちも十分に借りられる。ローンは長めに組んで、ふたりで一生懸命働いて返せばいい。持ち家と同居人ができて日々の暮らしが安定すれば、生活にかかる費用も少なくなる。

よくわかりもしないまま、熱を込めてこう説得した。私の確信に満ちた言葉を聞いて、ファン・ソヌの心も少しずつ動いたようだった（たぶん、私には大口をたたくほどの根拠があるのだろうと思ったに違いない）。そうこうしているうちに、そのマンションに空き部屋が出た。チョル君ナッピョルの部屋と方角もほぼ同じで、階数もちょうどよかった。私は、その部屋がとても気に入った。でも、チョル君たちが買った時よりも数千万ウォンも高くなっていた。

チョル君は、急に売りに出た部屋を買ったのでより安かったし、この間に不動産価格が高騰はしたけれど、それにしても高かった。

ぼったくりではないかと心配になってほかの不動産屋で聞いてみたら、妥当な相場とのことだった。望遠洞が人気エリアになった影響が、このマンションにも及んでいたのだ。だけど、私はどうしてもそこを買いたかった。売れてしまうんじゃないかと焦ったけれど、ひとりで買うのではないし、同居人候補者をせっつくわけにもいかなかった。そして、迷っている間にその物件は売れてしまった。逃してしまったのだ。ものすごく残念だった。ファン・ソヌも迷ったことを後悔した。そのマンションの総世帯数はたったの五十五だ。ほかの部屋が空くのを待つといっても、確率はそう高くはなかった。

有力候補になった望遠洞に慣れ親しむのを兼ねて、時間ができるとその周辺を見に行った。ファン・ソヌと一緒に行くこともあったし、望遠洞にすでに住んでいた私の親友ファン・ヨンジュと一緒に行くこともあったけれど、望遠居酒屋という具体的な物件に心を奪われていた私には、ほかのどんな物件もまともに目に入ってこなかった。とは言え、すべての希望を満たすのは無理というもの。予算に合わせて見ていたある物件に少しずつ心が傾いていていた。その家の近くには、カフェやコンビニも多く、道もひっそりとしてはいなかったが、何か気に入らなかった。

ファン・ソヌと話し合いを重ね、契約をするかしないか迷っていた時に、望遠居酒屋のマンションに空きが出たという連絡を受けた。ところが、問題があった。私がとりこになった決定的な理由の一つである、窓の外にぱーっと広がる遊水池がなかった。そのマンションは一棟だが、直角に折れ曲がっている。チョル君ナッピョルの家は東南向きで、新しく売りに出たのは南西向きなので、遊水池が見えないのだ。とてもがっかりしたけれど、とりあえず見に行くことにした。

HANA
ハナ

太陽の女

わが家には、ずっしり重い真鍮《しんちゅう》製の蓋つき羅針盤がある。ファン・ソヌのお父さんが、娘が引っ越すたびに釜山から上京し、家の方角を確認するのに使っていた道具だった。娘をとてもかわいがっていたお父さんは、その羅針盤を使っていつも完璧な真南向きの部屋を選んでくれた（一方、うちの両親は私がソウルでどんな部屋に住もうと、どこに引っ越そうと特に関心を示さなかった。引っ越したと話すと、ときどき、結婚式とかのついでに立ち寄る程度だった。もちろん、うちの両親も別の方法で私を愛してくれていると信じている）。

そのおかげで、上水洞にあったファン・ソヌの部屋に泊まった翌朝は、まるで白い砂浜の真ん中で焼かれるワカメになったような気分で目覚めたものだ。カーテンの意味がないほど早朝から日差しが燦々《さんさん》と降り注ぐせいで、顔が焼けて目がくらむような感覚で朝を迎えた。睡眠環境に敏感な私は、その日差しが無慈悲に思えたが、長い間そうやって暮らしてきたファン・ソヌは、その感じが本当に好きだった。朝早くから午後まで、部屋中がまぶしくて明るい感じが。それだけでなく、ファン・ソヌは太陽をとても愛していた。太陽の下を走り回って運動したり、真昼のフェスティバルで日差しを浴びるのが好きだった。四柱推命でファン・ソヌの日主は「丙《ひのえ》（太陽）」と聞いてはいたけれど、梅雨になると目に見えて憂鬱になり、締め切りで昼間に太陽を浴びられないまま何日も過ごすと、ひどくストレスを受けたりしていた。そんなファン・ソヌだから、私たちが住む所は何が何でも明るくなければならないと考えていた。

売り物件が出たという連絡を受けた日は平日でファン・ソヌは会社にいたので、私はすぐにファン・ヨンジュとその家を見に行った。玄関を開けると、なんと、午後の日差しがリビングいっぱいに満ちていて、部屋中がオレンジ色だった。秋だし南西向きだから、夕日が部屋の奥深くまで差し込んでいたのだ。高齢の夫婦が住んでいたので物が多く、装飾材もドアもすべてチェリー色のシート材が貼られているのが気に入らなかったけれど、造りがきちんとしていて部屋の中は清潔だった。窓の外には、遊水池の代わりに広い空と漢江が見えた。江辺北路と内部循環路などに遮られて細長いタチウオみたいに見えたが、確かにそれはきらめく漢江だった。そして何より、その暖かくて明るいオレンジ色の光が私の心を奪った。太陽の女もきっと気に入るに違いないと思った。

ところが問題は、前に見た部屋よりも高額であることで、今回は六千万ウォン高くなっていた。何てことだ。だけど、私は今回だけは逃したくないという思いで、再びファン・ソヌを説得しにかかった。無理して家を買うのであり、予算をかなりオーバーしているのはまったくその通りだ。だけど、お気に入りの家で快適に暮らせば元は取れる。これはまさに、経済観念のない者の理論だが、ファン・ソヌも、前回迷ったがために六千万ウォン損したのだなと気持ちが少し揺れ動いていたこともあり、私は「考えようによっては遊水池よりもいい漢江ビュー」「家中いっぱいに差し込む日差し」をものすごく強調して説得に説得を重ねた末に、一緒に部屋を見に行った。ところが、ああ、しまった。ファン・ソヌと一緒にその家に入った瞬間、背中に冷たい汗が流れた。

午前十一時。その時間は、南西向きのその部屋が一日中でいちばん暗い時間だった。ドアを開けながら私は「これはダメだ！」と心の中で叫んだ。正午が近いというのに部屋の中はとても暗く、玄関には明かりがついていた。だから家は、何度も見なくちゃダメなんだな。冷や汗をダラダラかきながらファン・ソヌの表情をうかがったが、気持ちは読めなかった。私は主寝室のドアを開けながら「ああ」と叫び、キッチンの明かりをつけながら「ああ」と叫んだ。ファン・ソヌは入念に部屋をチェックした後、窓の外をじっと眺めた。遠くに見えるタチウオみたいな漢江と、高層階から見下ろすと芝生のように見えるプラタナスの街路樹を。家主にお礼を言って、ふたりでエレベーターに乗った。

私はすっかり戸惑ってしまって、どうしていいかわからなかった。ファン・ソヌの第一声はやはり「この家は午前中が暗いのね」だった。私は、午後になると東南向きの部屋よりずっと長い時間、奥の方まで、もっと暖かい色合いの光が差し込むのだと言ったものの、声には力がなかった。ファン・ソヌが午前に明るい部屋を、お父さんが必ずチェックしてくれていた完璧な真南の持つエネルギーをどれだけ好きか、よくわかっていたからだ。ファン・ソヌが言った。「窓の外に見下ろしたプラタナスが、波みたいにゆらめいてた」。そして、車に乗るとこう付け加えた。「私もいいと思う」。その瞬間、世界中のプラタナスの葉が一斉になびく音が聞こえてくるようだった。

SUNWOO
ソヌ

結婚まで考えた

昔の歌謡曲の中に「お前と結婚まで考えた」という歌詞がある。別れを告げて去っていく女に、とても愛していたと涙声で最後のあいさつをするという内容だ。結婚は、愛の最大値において成り立つ関係の完成形、あるいは成功のための終着地なのだろうか。そう信じなくはなったけれど、私も結婚まで考えたことがある。特に誰かを深く愛したからではなく、何となくいつもそう考えていた。二十代の頃までは、何年か後の自分の未来を思い描くと、結婚した姿が当然のように思い浮かんだからだ。周りで、あるいはメディアで見かける三十代半ば以上の女性たちは、大部分が結婚していたということも大きく影響していた。学校の先生、大統領、外交官……知っている職業が限られている時の将来の夢はいつもそこで止まってしまうように、二十代までは想像力が乏しく、自分も周囲で見かける女性たちのようになるのだろうと思っていた。

それに若い頃は、恋愛がそれほど難しくなかった。成人してからは、ほぼ常に誰かと付き合っていたから、適当な年齢になったらその中のひとりと自然に結婚するのだろうと思っていた。だから、結婚を考えたのは関係や愛情の深さとは別に、社会文化的に学習された結果に近かった。合コンで初めて会った人と結婚したらと想像してみたし、付き合って三か月にしかならない彼氏との結婚生活も想像してみた。だけど、何度そうやって空想してみても結婚は現実のものにはならなかった。

二十代の時の私、つまり、時間になればご飯を食べるように、卒業したら就職するように、結婚もそうやってするものだと信じていた以前の私のような人がずいぶんいるみたいだ。そういう人たちの特徴はというと、自分の性格が結婚生活に合っているのか、あるいは、自分の望む生き方は本当に家族という枠の中で実現可能なのかを考えてみたことがない。特に、週末になると家族と一緒に過ごさなければならないことに息を詰まらせながら、自分が望む人生はこんなものではなかったと憂鬱そうにしている男性を私は何人も見てきた。結婚と家事労働、育児によって個人の生活を犠牲にしているのは、あなたよりあなたの妻の方だと思うよ、とはとても言えなかったけれど。

私も結婚しなくてよかったと思う時がある。子育てと仕事をかろうじて両立させている友人を見ていると、あんなふうに驚くべき集中力を発揮し、時間をこま切れに使いながら生きていけるだろうかと自信がなくなる。彼女たちの夫の会社生活やプライベートな時間の方がはるかに余裕があるように見えるとなおさらだ。結婚しなくていちばんよかったのは、誰かの嫁として生きなくてもいいということだ。親から愛される娘として、有能な職業人であり自由な個人として生きてきた女たちは、嫁という関係性の中に置かれた途端に、身分が突然、何段階か下がるらしい。何より恐ろしいのは、嫁の役目を自ら進んで一生懸命やってしまいそうな気質が私にも内在しているということだ。インスタグラムのウェブトゥーン『嫁期《ミョヌラギ》』で、「嫁期」とは嫁ぎ先の家族にかわいがってもらいたいから、褒めてもらいたいから自ら努力する時期だと説明されているように。

ときどき、同居人の両親に会って一緒に食事をすることがある。そして、ひとり暮らしの娘が気がかりだったが、今はあなたがそばにいるから心強いと言ってくれる。特別な話はしなくても、お母さんの話に相づちを打ったり、お酒の好きなお父さんと乾杯したりするだけで、私はその場での役割を果たしたことになる。両親の姿に同居人の好きな所を重ねて見ることもあり、その共通点に感謝の気持ちが湧いてくるのだが、それはとても楽しくて心が温まることでもある。

お母さんが焼いてくれる肉を食べ、お父さんが注いでくれるビールを飲んで別れた後、しばらくするとふたりにまた会いたくなって電話をする。でも、家まで行って果物の皮をむいたり、洗い物をしたりする必要も、親孝行をしなければと悩む必要もない。

料理をしてご飯を食べることが世の中でいちばん大事だと思っている私の母は、わが家の料理担当である私が残業したり、長期出張に行くことになるとまず、「ハナひとりで、ご飯はどうするんだい」と同居人の食事を心配する。関係における義務は負わないけれど、わが子のそばにいてくれてありがとうと言ってもらえるそんなポジションなら、誰かの嫁になることもどれだけ気楽でいいことか。

HANA
ハナ

小心者に媚びる者

　そうでなくても不足していた予算をはるかにオーバーしてしまったので、契約するには対策が必要だった。それぞれ、使えるものはすべて動員してお金をかき集めることにした。娘を結婚させると思って、と言って両親からの最後の支援を取り付け、住宅担保ローンも調べてみた。チョル君は自分のマイナス通帳〔銀行ローンの一種で、一定期間において一定金額をいつでも借りられる。限度ローンとも言う〕からいくらか融通できるから、必要な時は遠慮なく言ってくれと言った。チョル君からお金は借りなかったけれど、その気持ちは心強かったし、今でも本当にありがたく思っている。

　銀行に行って住宅担保ローンを調べてきたファン・ソヌは、思ったより多額のお金が借りられると言った。一つの住宅につきひとりしかローンを組めないらしく、ファン・ソヌが代表して借りることにした。ローンの返済方法について相談し、ファン・ソヌは大企業の部長で月給をきちんともらっているけれど、私は収入が一定していないので毎月の返済額を少なくすることに決めた。代わりに、まとまったお金が入ってきたら、それを返済に充てる計画を立てた。契約金の残金を払う日の直前に入る予定のお金まで全部合わせると、ぎりぎり支払金額を用意できそうだった。私たちは契約しますと不動産屋に伝えた。

契約の日が来た。これまで何度も引っ越しをしていて不動産屋で契約書を書いたのは一度や二度ではなかったが、人生で初めてマイホームを買うのだから感慨深かった。契約書を念入りにチェックした後、契約金を払ってふたりで署名し、印鑑を押した。契約完了！　私たちは共同名義の家の持ち主になった。

ずっと緊張していた不動産屋から出て、新鮮な外の空気を吸った。ちょうどその日はうららかな日和だった。私はあふれる喜びを抑えきれず、満面の笑みを浮かべ、もうすぐ私の同居人になる、このミッションを共に完遂した私のパートナーに向かって言った。

「私たち、家を買ったんだね！」

ハイタッチしようと手を上げて振り向いた私は、驚いた。ファン・ソヌの顔が保寧《ポリョン》マッドフェスティバル〔忠清南道保寧市の大川海水浴場で開催されるイベント。同市の沿岸部の泥にはゲルマニウムとミネラルが多く含まれることで知られる〕のコンセプトカラーみたいな泥色だったからだ。憂いに満ちた表情だった。

「ん？　どうしたの？」

「これで巨額の借金を抱えたかと思うと……」

今にも倒れてしまいそうな声だった。私はあきれて笑ってしまった。借金に対するプレッシャーがあまりにも大きくて、初めて家を買ったことを喜びではなく罰のように感じるなんて。かわいくもあり、一方で信頼できると思った。少なくとも誰かの借金の保証人になって家を持っていかれたり、こっそりどこかでお金を借りてトラブルになる人ではないということだから。同居人が経済的に信用できる人かどうかというのは重要なポイントだ。

「もう、小心者なんだから。私たち、きっと返せる！　今日はうれしい日だよ！」

ファン・ソヌがあいまいな泥パック色の笑みを浮かべた。私は今も、あの日を思い出すと笑ってしまう。

一方、私がファン・ソヌにとって信頼できる人だったかどうかはわからない。最近わかった事実なのだが、家を買うからといって、誰もがその家を担保に多くのローンを組めるわけではなかった。借りる人の信用が重要だったのだ。固定収入があるか、ローンをきちんと返済できるかを銀行が審査する時、収入が不安定な私の信用度は、決して高い方ではなかったはずだ。それは、収入とはまた別問題で、私は以前、クレジットカードを作ろうとして審査ではねられたことがあった。当時は、会社勤めをしていた時よりも多くお金を稼いでいたのに、カード会社の審査基準では私は信用できない人だったのだ。この国では、収入の不安定な独身者が家を買うのはそれこそ夢物語だった（不合理だ！）。

その時初めて気づいた。ファン・ソヌが十八年間、一度も休まずにまじめに働いてきたから、私たちは無事に家を買うことができたということに。尻ごみすることなく、大口をたたいたのは私だったが、実際私にできることは何もなかったということに。しかも、その事実を知らなかったために、ちゃんと返せるよと豪語し、買おうよとせっつくことができた。もし私が、信用とローンの世界における自分の立場をもっとよくわかっていたら、そんなことはできなかっただろう。無知な人ほど勇敢だとはこのことだ。

その事実を知ってから、私はファン・ソヌにこう言った。

「よく考えてみたら、私が媚びてたんだね……まじめな会社員を捕まえて、ちゃっかり家を見つけて、コンバーチブルにまで乗って」

私は駐車場の確保が難しい西村に住んでいた時に車を売ってしまったけれど、運転はとても好きだ。ファン・ソヌは、何か月か前に論峴洞にあった雑誌社を辞めて合井《ハプチョン》〔ソウル市麻浦区〕にある別の会社に転職し、バス通勤になった。ファン・ソヌのコンバーチブルは今、私が仕事に行く時や買い物する時にしょっちゅう使っている。私は、ファン・ソヌのおかげで広いマンションを買い、かっこいい車にも乗れるようになったわけだ。

ふふ。何はともあれ、小心者と小心者に媚びた者は、ローンをきちんと返しながら幸せに暮らしている。

SUNWOO
ソヌ

借金上手な人になれ

会社を辞めてからのいちばん大事な計画は、ファンタジー大河ドラマ『ゲーム・オブ・スローンズ』を一気見することだった。シーズン8まであるこのシリーズのスケールはあまりにも壮大すぎて、一度ハマるとそう簡単には抜け出せないので、次の日に出勤を控えた状態で見るのはとても危険だからだ。退職を前にして一か月の有給休暇ができると、私は同居人に別れのあいさつを告げ、ウェスタロスの七王国に旅立った。

王座を巡って戦う七つの家々の中で、黄金の獅子を家紋にしているラニスター家の人々は野望と権力欲が誰よりも強いのだが、彼らは毎話必ず、こんなことを言う。「ラニスターは常に借りを返す」。ここで言う借りは、やられたことに対する復讐と受けた恩への報いの両方を意味する。ラニスター家はそれらをきっちりと帳簿に記入し、消していきながら王座獲得に向けて上へとあがっていく。

ファン家にもそんな家訓みたいなものがあるとすれば、「ウォルセ〔契約時に保証金を預け、毎月決められた金額の家賃を支払う。日本の賃貸契約制度に似ているが、礼金や敷金はない〕になるだろうか。父は公務員として勤め上げ、家族のほとんどが教師や会社員のファン家では暮らすな。お金が貯まらない」では、少ない給料を大事に使って節約するのは当たり前のことだった。

そんな小心者で安定志向の人間にとっていいのは、足元ばかり見ながら小股で歩くように暮らしているから、たとえ誰かに大金を稼がせてやると誘惑されても騙されることはないということだ。マルチ商法にはまったり、いい土地が安く売りに出たという話に飛びついて詐欺に遭ったという話をファン家で聞くのは、宝くじに当たる確率より低い。その代わり、ハイリスク・ハイリターンの大胆な財テクもできない。誰かが破産するのを見たことがない代わりに大金を稼いだ人もいない家で育った私にとって、借金はどこかやましいものであり、それを抱えているということは、さっさと抜け出さなければならない居心地の悪い状態を意味する。

そう。私は小心者だった。大学に入って事業をしている家の子と知り合うと、家風の違いはよりはっきりしたものになった。その子は両親とも賢く駆け引きをして休みの間に事業を手伝う代わりに親の車を使わせてもらい、友達とも割り勘ではなく、派手におごったりおごられたりしていた。単純にお金があるとか金遣いが荒いのとは違い、大きな取引を成功させる術を知っていて資金の流動性を確保する度胸があるとでも言おうか。実際、その子は親からよくこう言われると言っていた。

「借金も能力だ」

家を買うことにした日、契約手続きを済ませて不動産屋から出てきた私の顔を見たキム・ハナは、驚いた様子でどこか具合でも悪いのかと聞いてきた。私は、脚が震えて膝の関節から下がなくなったみたいに感じられ、自分でも顔色がいいはずはないとわかっていた。人生で初めて、何千万ウォンという高額の借金ができたのだから。銀行から借りた住宅担保ローンは不動産価格の二〇パーセント程度で、そんなに大きな金額ではないし、キム・ハナと半分ずつ負担すればいいのだけれど、そのマイナスの数字が頭の中に入ってきた瞬間から、私はプレッシャーを感じた。自分の家を手に入れるという、感動的な成果を得たうれしい日であると同時に、私にとっては逃れられない荷物をずっしりと背負わされた日でもあった。同居人は私に向かっていたずらっぽく言った。「もう、小心者なんだから」

あれから二年が過ぎた今、あの小心者にどんなことが起きているか。ヘビの大嫌いな人が仕方なくヘビと一緒に暮らすことになったと仮定しよう。ひょっとするとその人は、ヘビに噛まれないようにと躍起になっているうちに、飼い慣らす方法を体得してしまうかもしれない。かいつまんで言うと、私たちはきっかり一年でローンの半分を返済した。借金が嫌で、借金を抱えている状態が嫌で、ほかのことにお金を使わず、一生懸命返した結果だ。人生最大の買い物である家を手に入れてしまうと、ほかにほしいものも特になかった。いちばん好きな飲み友達が家にいて、私が自由に使えるキッチンがあるのだから、外にお酒を飲みにいく理由もないし、家で遊べばよかった。仕事のストレスをショッピングで解消したり、旅行に行ってこまごましたかわいらしいお土産を買う楽しみよりも、数百万ウォンずつ貯めてローンの残高を減らしていく面白さと精神的補償の方がずっと大きかった。

もちろん、返済期間十年のローンを繰り上げ返済することで早期返済利子を払わなければならなかったけれど、その一年で集中して返した経験は、私を大きく変えた。忌み嫌い、避けてきたローンがかえって、経済的に1ランクアップする原動力になったのだ。今は、ちょっとぐらい借金があったっていいじゃない、と考えるまでになり、会社のボーナスなどまとまったお金が入ると、ローン返済ではなく、別の投資に回している。住宅担保ローンは金利が高くないので、残りは慌てて繰り上げ返済せず、期間内にゆっくり返すつもりだ。もちろん、週末に電話すると母はいつも、天気の話をしたり健康を気遣うのと同じように娘の借金の心配をするけれど。

大金を借り、返しながら、私はほんの少し度胸がついた。そして、もう一つ得た教訓は、自分が恐れている何かが永遠に避けられないものなら、正面からぶつかってみるべきだということだ。ずっと留まっていた安全地帯の外に一歩踏み出せば、思っていたほど大きな危険はないことに気づく。怖がりな人ほど、危険な状況をそう簡単に作り出すことのない自身の本能的な感覚を信じてみてもいいかもしれない。少し大胆になった小心者は、今日もラニスター家から学んでいる。借金は、負わないのではなくちゃんと返すことが大事だ。

HANA
ハナ

私を成長させたのは八割がローン

すでに書いたとおり、同居人との関係において経済観念は重要だ。お金の使い方やお金に対する考え、自分の言動に対する責任感とその能力を互いにチェックしなければならない。財布は別だとはいえ、生活の大部分を共にする人がぜいたくだったり、あまりにもケチだったりすると、ストレスは尋常ではない。私たちが一緒に暮らそうかと考えていた時に、ネットの『ニューヨーク・タイムズ』でこんな記事を見た。「結婚前に聞くべき十三の質問」。その中にこんな質問があった。「車一台、ソファ一つ、靴一足にいくらまで出せるか」

ある日、ファン・ソヌと一緒に、その質問に答えてみることにした。今、正確な金額は思い出せないが、ふたりの答えはほぼ同じだった。靴に対するファン・ソヌの答えは、私より少し高かったような気はするけれど。私たちは互いにいくつか質問を付け加えた。ライブやミュージカルなどの公演一回、食事一回、ワイン一本に出せるのはいくらまでか。ふたりの答えはほぼ同じだった。

一緒に遊ぶ時も、交互におごり合う食事代や飲み代の水準がよく似ていた。少なくとも、お金の使い方のせいで互いにストレスを受けることはなかった。

私たちはローンという同じ船に乗ったことで、それぞれの経済的な力と安定も人ごとではなくなった。もし、一緒にローンを返している最中に、どちらかが経済力を失ったり、無責任に振る舞ったりしたら大変なことになる。

ところが、私は家を買う契約をしてから、仕事上、大混乱の時期を迎えた。愛着を持って何年か続けてきた小さなブランディング会社を、さまざまな理由から畳まざるを得なくなったのだ。コピーライターとして始めた私のキャリアをブランディングに移行していたところだったのだが、突然会社がなくなったことで、私の職業的アイデンティティが危うくなった。それまではブランディング会社の社長だったのに、突然、「あなたは何者?」という質問に答えにくくなってしまった。

混乱し途方に暮れたけれど、いつまでも考えてばかりいるわけにはいかなかった。早く契約金の残金を支払い、ローンを返していかなければならない。それに、ローンの運命共同体になっておいて、同居人に経済的、職業的に不安定な姿を見せるわけにはいかなかった。私は決心した。「入ってくる仕事はすべてやろう」

前は、会社の仕事に集中しなければならなかったので、講演や原稿の依頼を引き受けるのはときどきで、断ることの方が多かったけれど、もうそんな余裕はなかった。私はすべてのメールにとりあえず「良いご提案をありがとうございます」と答えはじめた。そして、講義、講演、原稿の依頼にはすべて応じた。学生、PTA、会社員、主婦、公務員、教職員などの前で、二時間でも三時間でも話した。聴衆は千差万別だったから反応もさまざまで、遠方まで行って帰ってくるだけでも毎日忙しかった。講義がうまくいかなかった日は、帰りの地下鉄の中で頭を抱えながら、次はこの部分を補わなきゃと反省した。

振り返ってみると、それがいいトレーニングになったみたいだ。初めて講演をした時は、おずおずして、言おうとしていたことを忘れ、しかめっ面をしたりうとうとしている人がいるとつらかった。でも、講演を重ねるうちにだんだん大勢の前で話すことにプレッシャーを感じなくなって、緊張せずに話す方法と、聴衆を集中させるコツを少しずつ覚えていった。原稿依頼も、テーマを選り好みしないで一生懸命書いた。その時書いた原稿をまとめたものが後に『力を抜く技術』（未邦訳）として出たが、この本にはファン・ソヌの推薦文も載っている。『力を抜く技術』は、私が出した本の中でいちばん多く売れ、印税をすべてローン返済に使った。

そして、前もって猛訓練したおかげで『力を抜く技術』の刊行後に依頼が入ってきた講演やトークイベントをうまくやり遂げることができ、偶然講演を聞いていた人の推薦で「世の中を変える時間、十五分」（基督教放送で放送される、アメリカのＴＥＤに似た講演番組）にも出演することになった。続いて、ポッドキャスト「日常技術研究所」に力を抜く技術者として出演してあれこれしゃべったのをきっかけに、Yes24（韓国最大級の書籍オンラインショップ）が制作するポッドキャスト「チェキラウト―キム・ハナの側面突破」の進行役をレギュラーで任されるようになった。二〇一八年一月一日から七日まで、ＭＢＣラジオの長寿キャンペーン「ちょっと待って」で私の声を届けることになり、二月からは同局の「世界を開く朝」にレギュラーコーナーができた。その後、ラジオのゲスト、映画の舞台あいさつ、ブックトークやネイバー「本の文化」（韓国を代表するインターネットポータルサイトの中にある本のキュレーションコーナー）の生放送の進行など、多くの出演依頼が舞い込んできた。そして、少し前からはＭＢＣラジオ「星が輝く夜に」にレギュラー出演している。ローンを組み会社を畳んだことから始まった「手当たり次第の仕事」が、思いもよらない所へ私を連れてきてくれた。新しい住み家は、いろんな意味で私に幸運をもたらしたのだ。

私は今、「ブランディングライター」「インドア随筆家」「しゃべる人」という三つの肩書きで仕事をしている。最近の私のあだ名は「望遠洞の恵敏《ヘミン》和尚」だ。『立ち止まれば、見えてくるもの』（新井満監修・吉原育子訳、日本文芸社、二〇一二）を出した後、決して立ち止まらず多様な活動をしながら俗世を疾走している恵敏和尚のように、私も『力を抜く技術』という本を出してからは、以前のように力を抜けないまま忙しく生きている（その証拠に、私が挿絵まで描いた『15度』（未邦訳）が出ただけでは飽き足りず、今またこの本を書いているではないか！）。

ブランディングプロジェクトも続けていて、いつかは小さな会社も作るつもりだ。何よりも、同居人にとっていいパートナーになりたかったし、経済的に安定した姿を見せたかった。それが大きな動機となった。一緒に暮らして一年で、私たちは力を合わせてローンの半分を返した。私が現実から逃げずにいられたのは、八割方ローンのおかげだ。

HANA
ハナ

内装の総責任者になる

都合上、私が三清洞《サムチョンドン》〔ソウル市鍾路区〕の家からファン・ソヌより一週間早く引っ越しすることになった。猫たちは城山洞《ソンサンドン》〔ソウル市麻浦区〕のイ・アリの家に預け、引っ越し荷物は一週間保管しておいて、ファン・ソヌが引っ越す日に一緒に新居に運んでもらうことになった。その間、私はファン・ソヌのところに身を寄せ、望遠洞の新居の内装を任された。もちろん、私が直接やるのではなく、内装工事チームとの窓口を私に一本化したということだ。

内装は「テクスチャー・オン・テクスチャー」のシン・ヘスが担当してくれることになった。私が暮らしていた西村で「ｐｕｂｂ」という飲み屋をしていたことから友達になったシン・ヘスは、韓国芸術総合学校〔ソウルにある芸術専門の国立大学〕で建築を専攻し、いくつか内装工事を任されてうまくやっていたが、性に合わず、「内装はもうやらない」と宣言したばかりだった。でも、ほんとにありがたいことに、最後の仕事としてわが家の内装工事をやってくれることになった。私たちはかき集められるだけのお金を全部かき集めて使ってしまった後だったので予算も少なく、日程もとんでもなく短かったのに、それでも工事を引き受けてくれたシン・ヘスと助手をしてくれたチョン・ジェヒョンさんには今でも感謝している。それも、十二月のあの寒い時に。

ファン・ソヌは、内装工事の過程にはあまり関心がなく、結果だけに関心があり、私が住んでいた三清洞の家の雰囲気が気に入っているから全部任せる、と言って私に一任した。私は内装工事をするにあたって、大原則を立てた。

「最大限、明るく!」

もちろん、太陽の女ファン・ソヌを考えてのことだった。私が説得して決めた家だったから、ファン・ソヌもこの家に決めたことを後悔せず、好きになってもらえるように最大限努力しなければならなかった。もともと住んでいたおばあさんとおじいさんは、物をいっぱい積み上げていたので、部屋の中がよりいっそう暗く見えた。あちこちに付けられた装飾材やドアは、濃いチェリー色だった。特にキッチンは、大きな冷蔵庫がパーテーションのように光を遮っていて、電気をつけなければ食器がよく見えないほど暗かった。キッチンは、わが家のシェフ、ファン・ソヌが活躍する空間で家の中心になるだろうから、快適でなければならなかった。だから私は、大原則に従って次のように決めた。

一、最大限光を遮らない。
二、ドア、壁紙、装飾材は明るい色味で。壁の装飾材はできる限り撤去する。
三、冷蔵庫の位置は光を遮らない場所に移し、キッチン一式を新しくする。片方のシンクの吊戸棚を外し、すっきりと明るい雰囲気にする。キッチンはすべて白。

工事が始まると、とても面白かった。希望を伝えると、その通りに空間が作られていくのは、大規模な工作の時間みたいだった。もちろん、私は力仕事をまったくしないわけだから、面白いとしか感じなかっただろう。私の頭の中には確固とした理想の部屋があり、好みもはっきりしていたので、シン・ヘスが見せてくれる資材の材質や色などを選ぶのは難しくなかった。少ない予算の中で、何をあきらめて何を選択するのかについてもそうだった。その中には浴槽の問題もあった。最近は、浴槽をなくしてシャワーブースを設けるのがトレンドだが、ファン・ソヌと私の考えは違っていた。私たちが長い間ひとり暮らしをしていて唯一残念だったのは、まさに浴槽だった。一緒に住んでみようかという話が出てすぐに、浴槽に渡しかけてワイングラスとろうそくと本を置けるかわいいバストレイを買ってあったので、古い浴槽を外して新しい浴槽を設置した。

そして、必要な家具をファン・ソヌと一緒に見て回った。リビングはウッドカラー、書斎はモノトーンと決めてあったので、大きく悩む必要はなかった。書斎を取り囲むように配置する本棚は白を選び、クローゼットはウォークインにする予定だったので、システム家具を入れることにした。

最も悩ましいのはテーブルだった。メイン空間であるリビングに置くテーブルは、わが家の印象を左右するものだから、慎重に選ばなければならない。リビングには、私の親友ファン・ヨンジュが作った堅牢で美しい本棚を両側に置く予定だった。この家具については、後でもう少し詳しく説明する。ウォルナットとオークの色の調和が美しいこの本棚と一緒に置くテーブルは、素材と重みのバランスがいいものを選ぶのが難しかった。仮にテーブルは、無垢の家具を作っている所に頼むとしても、椅子をどう合わせるかが悩ましい。椅子というのは、座り心地のよさと長く使える丈夫さを兼ね備えていなければならず、その二つを備えつつデザインも気に入った椅子を買おうと思うと、ものすごく高かった。

そうして、こまごました物を買いに立ち寄った無印良品で、疲れた私たちは展示品のテーブルの前に置かれた椅子に腰かけた。そして、座ったついでに、いつものようにコントをした。ファン・ソヌに「今日の夕食はロブスターのパスタなんですね！」みたいなことを言いながら、この椅子がわが家にあったらどうだろうとシミュレーションをしてみたのだ。ファン・ソヌも、向かいに座って何だかんだと答えた。テーブルと椅子の高さがとてもよくて楽だった。ふたりとも背が低いこともあり、ほかの所では一度も感じたことのない心地よさだった。そのテーブルは、一般的なものより低く、ソファテーブルよりも高かった。椅子も、それに合う高さで楽だった。ところが、デザインがあまり気に入らなかった。明るい色のオーク材の合板をごつい黒のねじで組み立てたもので、丸みのある脚の形が子供用の家具みたいだった。椅子も合板を曲げて丸みを出し、組み立てられていた。「高さはいいんだけど、デザインが今イチ」。結論を出して立ち上がった。

ところが、その日の夜、ベッドに横になっていると、しきりにそのテーブルと椅子が頭に浮かんできた。デザインではなく、座り心地のよさがやたらと思い出されたのだ。次の日も、その感じが忘れられなくてファン・ソヌに話したら、あっさり突っぱねられた。でも、どこかへ出かけた時に無印良品があると立ち寄り、そのテーブルを何度も見た。なぜか無性に気になった。内装担当の私があんまり何度も言うので、ファン・ソヌも少しずつそのテーブルについて検討しはじめた。私がそのセンスを信じているふたりの友達、ファン・ヨンジュとペク・チへにもテーブルの写真を見せると、すぐにノーと言う答えが返ってきた。「実際に座ってないからそんなこと言うんだよ」と言って私はずっとそのテーブルを忘れられず、結局ファン・ソヌが折れて購入した。

一緒に探し回り、見つけると同時に「あれだ！」と叫んだデンマーク製の照明をそのテーブルの上に取りつけた。そして今、私たちがいちばん長く時間を過ごす場所は、そのテーブルセットだ。そこで原稿を書き、お酒を飲んで、本も読む。猫たちも椅子がお気に入りで、人が座る前には必ずテープで猫の毛を取り除くけれど、すぐにまた毛がついてしまうほどだ。賛成してくれなかった友達も遊びに来て座ってみると、これを買い逃すなんてあり得ないと言った。リビングに置かれた無垢の家具にもよく合っていて、雰囲気を重くすることも、軽くしすぎることもない。

私たちは引っ越し一周年を迎えて、「テクスチャー・オン・テクスチャー」のメンバーを家に招待した。ぎりぎりの予算と日程にもかかわらず、不満一つ言わずにベストを尽くし、家をかっこよく仕上げてくれたことに対する感謝の気持ちを示すためだった。わが家のあちこちには、シン・ヘスとチョン・ジェヒョンさんのセンスと配慮とアイデアが溶け込んでいる。これからこの家で暮らす間ずっと、感謝しつづけるだろう。だけどみなさん、「テクスチャー・オン・テクスチャー」のメンバーはもう、内装の仕事をしていません。最後のラッキーチャンスは私たちが全部使ってしまいました。

1

photo credit to 29cm.co.kr

2

1. 本棚を二つに分けてリビングの両側に置いた。本棚なのに、なぜかお酒がいっぱい並んでいる。
2. ふたり家族の貴重な収穫、浴槽。
3. 太陽がたっぷり差し込む午後は家にいるのがいい。

3

1. キム・ハナの「自炊生活」を「シングルライフ」に変えた本棚。
2. よく見ると、猫が 2 匹だ。
3. ふたりで一緒に選んだデンマーク製の照明は、このように変身する。
4. 無印良品のテーブルと椅子は、たびたび猫に占領される。

3

4

1

1. 猫が日光浴をする間、人は居場所を失う。
2. キッチンのインテリアのポイントは「最大限、明るく！」
3. ファン・ソヌが手厚く祝ってくれた、新居で初めてのキム・ハナの誕生日の食卓。

2

3

2

1. 南西向きの部屋が最も美しい瞬間。
2. 猫 4 匹と一緒に暮らすようになるとは、ふたりとも思いもしなかった。
3. ふたりの書斎を「結婚」させたら、同じ本がかなりあった。

3

2.

OUR HOME

SUNWOO
ソヌ

結婚していないからわかるんですが

この年になるまで結婚せずにいてよかったのは、世の中が教えてくれない秘密を一つ知ったことだ。それは何かと言うと、結婚しなくても別にどうってことはないという事実で、実際、今のところ大事には至っていない。この先何か大変なことはあるだろうかとじっくり考えてみても、婚姻率がもっと下がりそうだということ以外は特に思い浮かばない。

もちろん、私も将来について毎日考えている。たとえば、こんな心配をする。人生百年時代だと言うが、いつまで会社員生活をしてお金を稼ぐことができるだろうか。これから、私のキャリアのどんなところを開発し、補っていくべきなのか。二十年近く会社員生活をしながらきちんと保険料を納めてきた国民年金は六十五歳から受け取れるが、その前に引退したらどうやって生きていくのか。いや、国民年金の残高が底をついて、受け取れなくなるのではないだろうか。大病をして早死にしたらどうしよう。あれこれ病気しながら長生きしたらどうしよう。保険にもっと入っておいた方がいいのかな。こうやって一つずつ書いていると、余計に不安が大きくなる。でも、私が結婚していたとしても、こうした心配は消えたり減ったりすることはなさそうだ。結婚している友人に聞いても悩みの質は大して変わらず、育児や教育、両親の扶養に関する悩みがいくつか加わる程度で、時には、その悩みを分かち合うべき配偶者との関係そのものがより大きな悩みであるケースもある。

今はあまり気にしなくなった方だが、結婚しないまま一つまた一つと年を取っていくことに対して、私だっていつも気楽に構えていたわけではない。三十代半ばにはかなり焦りを感じていて、そういう不安は私自身の状況や内面よりも周囲の人たちのおせっかいから始まった。一般的な結婚適齢期を過ぎた女は、自ら平常心を保ちながら満足する生活を送っていても、静かな水面に石を投げるように、周囲がやいのやいのうるさく言ってくる。相手が三十を超えると、まるで「おせっかい免許証」でも取ったように、あらゆる人が何の合図もなくいきなり割り込んできて、初めて会った取材相手、よく知らない近所の人、久しぶりに会った知人まで、結婚したのか、予定はあるのかと、まるで天気や南北関係について話すかのように平然と聞いてきた。

本当に不思議だというふうに理由を聞く探偵派、私の欠格事由を見て見ないふりをするかのように「これからいいことがあるさ……」と言葉を濁す激励派、あるいは、まともそうに見えるのに思ったほどじゃないんだなと言わんばかりにけなす攻撃派。一見、心配してくれたり気にかけてくれているように見えなくもないから、騙されたふりをしてやり過ごすこともできるけれど、そういう言葉には共感も配慮もない。それが本当に問題なら当事者がいちばん悩んでいるだろうし、他人が指摘して刺激したところですぐに解決する可能性はほとんどない。それより何より他人のことなのに、しかも頼んでもいないのに、なぜ結婚の予定や立場の表明を要求するのだろうか。それは、結婚していない女性は未熟で与しやすいと思われているから、得てしてそんな差し出がましいおせっかいの対象になるのだ。

幸いなことに、結婚適齢期から遠ざかるにつれ、ありがたくないおせっかいも自然と減っていく。だから、何年かの間だけメンタルを強くして、あるいは、達観した無の境地で耐えればそういう時期は過ぎていくというのが私の経験だ。

そして、自分自身もある時から何とも思わなくなる。しばらくは、「もてないから、恋愛ができないから結婚できないんじゃありませんってば！」と反論する気持ちが心の片隅にあったとしても、もうそんなふうに答える必要性も感じなくなる。もてないから何だって言うの？　結婚したい女じゃないからどうだって言うのよ、と男好きする女に見えないことがまったく気にならなくなった。男性の欲望の対象として存在するということが、私の価値を高めてくれたり気分をよくしてくれたりはしないからだ。

こんなことがあった。知人が何人か集まった席で、ある既婚男性が「宝石理論」を持ち出した。世の中にまともな女が独身でいるケースはないというのが彼の話の主旨だった。「本当に価値ある宝石は、砂漠のど真ん中に隠されていても見つかるものです。商売人たちがあらゆる手を尽くして探し出し、代価を払って手に入れるものなんです」。女は商品ではなく、自分の意志と趣向を持った人間だという事実は、彼にとって重要ではないみたいだった。こういう類いの話はなぜか面と向かって反論するタイミングを逃してしまい、家に帰ってきてからひとりで言い返す言葉を考えることになる。女は取引対象の物なんですか？　選択の主体である人間なのに？　その話の中でその女の考えはどこにあるんですか？　そんな言葉を口に出せなかった代わりに、きっと表情が少しゆがんでいただろう。

その話に真剣に反論できなかったことをずっと後悔していた。そのあさましい宝石理論がいつまたどこで、私以外の別の独身女性のメンタルに不必要な不快感を与えるかしれないからだ。あるインタビューでは、「計算高いゴールドミス〔婚期を逃した未婚女性を意味する「オールドミス」から派生した言葉で、三十代、四十代の女性のうち、高学歴、高収入の女性を指す〕」論を聞いた。インタビュイーだった哲学者は、近ごろの経済力のある女性たちは自分勝手で、相手の条件ばかりを見て恋愛をしないと言い、私にも理想を下げるように言った。私がどんな人と付き合い、どんな恋愛をしてきたかも知らないくせに、まったくいい加減なことを言うものだ。

結婚していない私のことをまるでその資格がないみたいに嫌味を言ったり、理想が高すぎると非難する人たちは、このふたり以外にもたくさんいた。百歩譲ってそれが事実だとしても、そんな話を人前でするという無礼さに驚かされるし、そんな無礼な人たちが結婚しているということも驚きだ。

時が過ぎて、自然とわかるようになった。私が不安で焦っていたのは、結婚できないからというよりも、「結婚できないお前に問題がある」「このまま結婚せずにいたら、大変なことになる」と不安をあおり、焦らせ、脅した人たちのせいだということを。おせっかい野郎たちにいくらけなされたところで、私は欠陥商品でも気難しくて身の程知らずの人間でもないことは私自身がよく知っている。ただ、何度か恋愛がうまくいかなかったことがあり、仕事が忙しすぎたり面白かったりして誰かと新たに付き合う時間がなかった時期があり、結婚したくて一生懸命ブラインドデートをしたけれど、価値観やライフスタイルが合わないことが何度もあり、そういうあらゆる時間を経た今、もう結婚しなくてもちゃんと生きていけるということも。自分だけが知っている、長くてバラエティに富んだ歴史を持つ私は、他人の口によって軽々しく要約できない人間だし、悪いけど、彼らが思う以上に幸せだ。

だから、結婚適齢期を過ぎた女性たちよ、もし、「ほんとに私に問題があるの?」「問題がないと思う私が問題なのか」と思ったらよく考えてみよう。静けさの中で気持ちが揺れているのか、あるいは、心を乱す存在が今、自分の周りにいないかどうかを。その人が自分の人生においてただ通り過ぎるだけの存在なら適当に無視すればいいし、もし、近しい人なら我慢しないで「放っておいてくれ」と真顔でひとこと言おう。社会生活なんかより自分の自尊心の方が、他人との関係よりも自分自身との関係の方が大事だから。何よりも、結婚しない人たちは何か欠陥があってしないのではないという証拠は、世の中の多くの結婚している（そして無礼な）人たちが自ら示してくれている。

HANA
ハナ

「自炊生活」が「シングルライフ」になるのはいつ？

同じひとり暮らしでも、「自炊生活」と「シングルライフ」という言葉のニュアンスの違いは厳然としている。人によって感じ方の違いはあるだろうけれど、自炊生活が「一時的で、結婚、あるいはシングルライフよりも前の時期、過渡期」のような感じだとすれば、シングルライフは「半永久的、きちんと感、自己節制、余裕」みたいな印象がある。少なくとも私にとってはそうだ。

自炊生活は、いつシングルライフに変わるのか。それは、タオルの問題に似ている。どの家にもお店や会社のロゴが入った、色もばらばらのタオルがあると思う。タオルは使用期限が決まっていないので、ぼろぼろになって穴が空かない限り何となく使いつづけてしまう。何度も洗い、薄くてごわごわになったタオルは肌触りが悪くなり吸水力が落ちるが、そういう変化はほんの少しずつ現れるから、毎日使っているとあまり気づかない。だから、バスルームの棚を開くと、大きさも色もばらばらのタオルがごちゃごちゃに詰め込まれている。

私は、いつからだったか覚えていないけれど、二年に一度、一月一日にタオルを全部新調する。フェイスタオル十枚とバスタオル二枚、色は白で統一する。年末に買っておいて、一月一日になると、たわし、シャワーボール、歯ブラシ、石けん、キッチンのふきんなどと一緒にまとめて交換する。使っていたものは掃除用にするか捨てる。タオル十二枚を買う費用は、思ったほど高くない（だから、ロゴの入ったものを記念品としてあんなにたくさんくれるのだ）。だけど、色と大きさがそろった柔らかい十二枚のタオルが生活にもたらす影響は、本当に大きい。使うたびにちゃんと暮らしているという気がするし、棚を開くたびにそれが視覚的に証明される。「タオルの使用期限はいつまでか」と聞かれたら私はこう答えるだろう。それはあなたがタオルを交換する瞬間までだと。

自炊生活とシングルライフの区別には、それと似たようなところがある。いつまでを「自炊生活」と呼ぶのかは誰も決めてくれない。あなたがある日、自らの生活を「シングルライフ」に変える瞬間までだ。それ以前の生活は、ばらばらのタオルを使っていた時期と似ている。細々と始まり、どうにかこうにか続いていく。自炊生活とシングルライフの最も大きな相違点は、今の生活を

「一時的」なものと考えるのか、「半永久的」なものと考えるのかだと思う。

私は、私の生活がいつ自炊生活からシングルライフに変わったかを正確に記憶している。それは、前述した私の美しい本棚を手に入れた日からだ。その本棚は、親愛なる私の友人（絶交が趣味の私たちの関係については『力を抜く技術』に詳しく書いてある）であり、家具大工だったファン・ヨンジュが家具の展示会に出品した作品だ。北米産のハードウッドを使い、すべて手づくりで、最高級のオーガニックオイルで塗装したとても大きくて高級感のあるその本棚は、材料費だけでもものすごくかかる。それがどうして私のものになったかと言うと、ファン・ヨンジュと野イチゴ酒を飲んでいた時、

「展示会の準備を始めないといけないんだけど、材料を買うお金がなくて」

「そうなの？（げぷ）。だったら……私に本棚を作ってよ。壁にずらっと並べられる、かっこいーいやつを。私が買うよ！」

てなことになってしまったのだ。お酒で頭がぼーっとしている状態で展示会の後援者になってしまったわけだが、ちょうど長く取りかかっていたプロジェクトの報酬が入ってきてまとまったお金があった私は、次の日に全額を入金し

た。それ以来、ファン・ヨンジュは私を「メディチ」（文化と芸術を支援するイタリアの有名な一家）と呼んでいる。製作の手間も時間もかかるこの本棚の最終価格は、車一台買えるぐらいになるだろうが、私は材料費として、中古車一台分ほどのお金を支払った。

　完成して私の部屋の壁一面を埋め尽くした本棚は、本当にかっこよくて美しかった。身長百五十六センチの小柄な友人が手づくりした重厚ですてきな家具。本を並べる機能を超えた、何かものすごい物が私の部屋に入ってきた気がした。ウォルナットとオークの美しい色と模様、重厚で端正なライン、なめらかで温かみのある質感、一マスごとに作り出されるリズムとバランス。この家具は家に対する私の考えを一変させた。大人になった気分だった。新しい小物や家具を置くのにもこの本棚と合うかどうかが気になり、とても慎重になった。もはや私の家の家具や小物は、将来のある時点まで一時的に使うものではなかった。

「ちゃんとした物」を手に入れたあの日みたいな出来事は、めったにあることではない。ちゃんとした物が並ぶと生活が整ってきた。美しく、丁寧に作られた物の力というのはそれほど強力だ。私の自炊生活ではないシングルライフは、正確にこの本棚が置かれた日から始まった。

そのきちんとしたシングルライフは、今では同居生活に変わった。私たちのリビングにはその本棚を半分に分けて、両側に低く並べることにした。インスタグラムに部屋の写真をアップするといちばんよく聞かれるのは、その本棚はどこの商品ですかということだが、私は残念さと自慢を半分ずつ込めてこう答える。「これは、私の友達が作ったものだから、世界に一つしかないし、買うこともできないんです」と。なぜかと言うとファン・ヨンジュはもう家具を作っていないからで、この国ではそうならざるを得ないのかもしれない。

この本棚のデザインは、ある家具会社に盗まれた。偶然、その事実を知ったファン・ヨンジュは、その会社に抗議に行った。でも、わが国の法律では、それに対処する方法がこれと言ってないのだという。デザインを盗用し、工場で大量生産された家具は決して、私の家具のようなオーラを放つことはできないだろう(罰当たりめ!!)。十年間、家具を作りつづけてあれやこれやと疲れてしまったファン・ヨンジュは今、うちの近所でワインバーを経営していて(この国の自営業者として疲れることには変わりないが)、私たちはそのワインバー、望遠洞の「バルセロナ」でこの本の出版記念会を開くつもりだ。

SUNWOO
ソヌ

何も捨てられない人

「娘さんはひょっとして女優さんですか？」

海外出張から帰ってきた私に母が、引越センターのおじさんからそう言われたと教えてくれた。引っ越しの日が、よりによって出張と重なったために、釜山から両親が来て私の代わりに引っ越しをやってくれた時のことだった。おじさんがそんなことを言ったのは、服があまりにも多かったからだ。ふだんから思っていたことに第三者からの客観的根拠を得た母は、うれしそうに付け加えた。「だから、言ったでしょう。お願いだから服をちょっと捨てなさいって。新居ではちゃんと整理整頓をして暮らすのよ」

服が多いからこの人は女優に違いないと考えたおじさんの推理は間違っていた。なぜなら、私には服だけが多いのではなく、本もＣＤもＬＰも食器も多いからだ。二年ごとの引っ越しで見積もりを出してもらう時、家の広さと共に新婚夫婦ぐらいの荷物量になると言っておく必要があった。ただひとり暮らしだと言うと、めちゃくちゃ小さいトラックがやってくるからだ。

服が多いから女優なら、CDもLPも食器も、すべて多い人は何者だと思うのだろうか。とにかく、引っ越すたびに引越センターの要注意人物になることだけは間違いない。キム・ハナは『偉大な私の発見　感情革命』(邦題『さあ、才能《じぶん》に目覚めよう　新版ストレングス・ファインダー2.0』、トム・ラス著、古屋博子訳、日本経済新聞出版、二〇一七)という本の信奉者で、その本の付録として付いてきたインターネットの心理テストをしてみたら、私が「強み」を持っているテーマの中に「収集」があった。きらきら輝いているものはとりあえず巣にくわえて持ち帰るカラスのように、一つ、また一つと積み上げていく人間が私だ。そして、そのきらきら輝くものの中には、銀のスプーンもクッキングホイルもお菓子の缶みたいなものも交ざっているのが問題だ。

「『何も捨てられない人』(邦題『新　ガラクタ捨てれば自分が見える』、カレン・キングストン著、田村明子訳、小学館文庫、二〇一三)って本があるの、知ってる？　まるでファン・ソヌのことを書いた本みたいだったから注文しておいたよ。必ず読んで」。ある日、同居人がうれしそうにそう言った。私は何も答えなかった。実は、タイトルからしてまるで私のことみたいじゃないかと思い、すでに買って読んでいたからだ。物欲が強くて何も捨てられない人は、片づけに関する本に対しても欲が深いのだ。その本だけでなく、私は『人生がときめく片づけの魔法』（近藤麻理恵著、サンマーク出版、二〇一〇）という本も持っていた。でも、いざ片づけてみるかと思った時、部屋の中があまりにも散らかっていてその本がどこにあるのかわからず、人生をときめかせるのに失敗した。

キム・ハナは、私の上水洞の部屋に遊びに来ては、壁一面を埋め尽くした物の多さに驚き、ありがたいことに、私が留守の間に暇を見つけて部屋を片づけてくれた。そんな人を前にも見たことがある。子どもの頃、田舎の祖母の家に遊びに行くと、近所に住んでいたおばがいつもやって来て、祖母の代わりに家の中を掃いたり、拭いたりしていたのだ。キム・ハナは、私を助けたい気持ち半分、とても見ていられないという気持ち半分だったのではなかろうか。きれい好きのおばが祖母にそうしていたように。

ちょっと言い訳をすると、前に住んでいた部屋はそこまでひどくはなかった。

最後にひとりで暮らしていた上水洞の屋上部屋は、ほかにないほど安いチョンセで、事業のために韓国と中国を行き来するのに忙しい大家さんは家賃を一度も上げなかったので、そこで七年近く暮らすうちにひどい暮らしぶりになっていた。荷物がどんどん増え、毎日だんだん忙しくなり、捨てる速度が物の増える速度に追いつかなかった。ひとことで言うと、小さな部屋が収容範囲を超えた物で埋まり……壁が見えないのも無理はなかった。

反対に、私はキム・ハナの部屋に遊びに行って、きちんと整理整頓されていることに衝撃を受けた。猫のうんちを片づけるスコップからポリ袋まで徹底的に置き場所が決められていて、本とレコードを除くすべての物が、その機能を果たすために一つずつだけ存在していた。あ、少ない物の中で、その均衡を破る数多くのお酒の瓶とさまざまな酒器は除外しなければならないけれど。

そして、服が本当に驚くほど少なかった！　二間の作り付けクローゼットにすべての服が収まるなんて！　四季がこんなにはっきりした国に住みながら、二十年以上買い物をしつづけてきたであろう現代女性に、なぜそんなことが可能なのか！　私は二段式の二台のハンガーラックいっぱいに服を掛けて生活していたけれど、そのハンガーラックが服の重みに耐えかねて、文字通り崩壊したことがある。それも一度ではない。この事故にキム・ハナは驚愕していたが、会社でこの話をすると、みんな、別に驚くことではない、という顔でうなずいた。「ハンガーラックの崩壊なんて、誰でも一度や二度は経験してるんじゃないの?」。ファッション雑誌のエディターというのは個性の強い人たちばかりだけれど、こんな時だけは意見が一致する。

窓の外に仁王山《イナンサン》が美しく見えるキム・ハナの三清洞の部屋は、西向きなのでかなり暑い方だったにもかかわらず、小さなサーキュレーター一台で夏を過ごしていた。狭い部屋に置く場所もなく、メンテナンスする余力もなく、これと言って気に入った扇風機が見つからないからそれでも十分だという理由からだった。その時私は、キム・ハナから無所有を説く和尚様のオーラを感じた(それ以来、「望遠洞の恵敏和尚」という絶妙のあだ名がついた)。

広さがほぼ同じ部屋に住んでいた私は、対応面積が同程度のサーキュレーターとエアコン以外に、扇風機を大小一台ずつ使っていた。必要最低限の物だけで暮らすミニマリストがキム・ハナなら、許容される最大限の線を軽々と飛び越えてしまうマキシマリストが私だった。一つのものを大事に、手入れしながらできるだけ長く使うのがキム・ハナで、いくつもの物を同時に使いながら、一つ壊れたら、「ああ、修理しなきゃ……」と思ったまま、また新しい物を買うのが私だった。地球環境はキム・ハナみたいな人類を愛するだろうし、資本主義のシステムは私みたいな消費者を歓迎するだろう。

こんなに違う、特に物に対する態度が異なるふたりが一緒に住みはじめた時は、何かにつけて衝突していた。人が生活するということは、限られた空間の中に新しい物を持ち込んで日常的に使い、壊れないようにメンテナンスし、そして捨てるということだから。告白すると、私はたくさん持ち込んで、適当に使い、メンテナンスには関心も才能もなく、しかも捨てるのが苦手だ。

キム・ハナが不思議がっていたポイントは、爪切りの置き場所が決まっていないことだった。キム・ハナは、爪切りを決められた引き出しの中に入れておいて、爪を切るたびにそこから取り出して使い、また元に戻す。私は、寝室の引き出しに一つ、バスルームに一つ、クローゼットの雑多な物入れのトレイに一つ、リビングのかごに一つ……私の動線に沿って置いておき、思い立った時に手の届く所にある爪切りを使う。なぜ爪切りを一か所に置いておかなければならないのか、家はこんなに広いのに。しかも、爪切りはどれも同じではない。長く使って手になじんだもの、足の爪専用の大きいもの、東京旅行で記念に買ってきた思い出の詰まったもの、かわいらしい花柄のアメニティセットに入っているもの……。そういえば、行方不明のものもある。ちょっと待って。もともと七個あったのに、残りの三個はどこへ行ってしまったんだろう?

「家はそこに住む人の内面を反映する」「家はその空間の主《あるじ》に似るものだ」。私の嫌いな言葉だった。その言葉がほんとなら、私はとても複雑でとっ散らかった精神の持ち主ということになるけれど、自分がそれほどダメな人間だとは思いたくない。私はいつも、自分の生活空間の状態よりもましな精神世界を持っている人間でいたい。

それに、部屋を見て人を判断するのは、太っている人を見て怠惰な習慣が体に染みついているんだろうなと思ってしまうのと同じぐらい暴力的に思えた。外見を飾り立てていても空しい人がいるように、家の中がめちゃくちゃでも仕事は体系的、効率的にする人もいると信じたかったのだ。でも、もし、家がそこに住む人の内面を表すという言葉が本当に正しい仮説なら、キム・ハナと私は一緒に暮らしながら、キム・ハナは複雑で整理整頓ができない方向に、私はきちんとしていてきれい好きな方向へと変化していっているだろう。わが家には、私が十年以上勤めた会社を辞めた時に持って帰ってきた荷物が箱のまま積み上げられていて、同居人はそれを我慢しながら、突然複雑さを抱えてしまった内面に耐えている。

私がキム・ハナとけんかして言われたことの中でいちばんひどかったのは、「一生、そうやってゴミ屋敷に住めばいい！」だった。「このバカ、まぬけ！」みたいな言葉よりはるかに衝撃的だった理由は、認めざるを得ない真実を含んでいたからだ。何も捨てられないゴミ屋敷のおばあさんになってゴミを引きずって暮らすのは、私が最も恐れる未来の姿だ。だけど、肝心なのは、私が努力しながら変化していっているという事実ではないだろうか。物を捨てられるようになったというよりも、あまり買わないという方向に。

まず、何か一つ捨てる前に物を買わないことを同居人と約束したし、それに、ローンを返す面白さにはまって、ショッピングが以前ほど大きな喜びではなくなった。化粧品一つ、服一着を買う代わりに最近私が楽しんでいるのは、お金をお金として置いておくこと、新しい積み立てを始めること、レートが下がった時に円やドルを買うことだ。そして、物欲が湧いてきたら、あの痛い言葉を思い出す。未だに、本もCDもLPも食器も爪切りも、とにかくあらゆるものが多いままだけれど、私はゴミ屋敷のおばあさんとして物に囲まれてひとり年老いて死ぬよりも、同居人と仲良く年を重ねていきたい。ミニマリストと一緒に暮らすことになったマキシマリストの人間改造の道のりは、長く、とても困難だ。

HANA
ハナ

巣《ねぐら》のような君の家

ファン・ソヌと私が四十年の人生で初めて自分たちの名義の家に引っ越してきたのは、二〇一六年十二月六日の午後二時ごろだ。私は、開け放たれたベランダの窓から入ってくる十二月の冷たい風と共に次から次へと運ばれてくる荷物を見ながら、このままこっそりエレベーターに乗って抜け出し、誰にも気づかれずに消えてしまいたいと思っていた。二度とここには戻らず、誰も知らない所に逃げてそこで余生を過ごすんだ……。あんなに待ち焦がれていた引っ越しの日に、どうして私はそんなことを考えたのか。その理由を説明するには、その日から約十か月前に戻らなければならない。

ファン・ソヌの家に初めて招待された夜のことだった。お土産のワインと花を買っている途中にメッセージが来た。「やっぱり、今日は来てもらえる状態じゃない。また今度招待するから」。それは寒い冬のことで、私はすでに家のある三清洞からだいぶ遠くまで出てきていたので、「そんなの構わないよ。とりあえず近くまで行くから」と返信し、ファン・ソヌの家がある上水洞に向かった。家のすぐ近くまで行くと、ファン・ソヌは家に来るようにとは言わず、居酒屋で待っててと言った。

現れたファン・ソヌはどこか疲れたような顔で、「今日はとても無理」と何度も言った。理由はと言うと、何日もかけて大掃除をしたけれど、いくら物を捨ててもとても人を招待できる状態にならない、今日は何とかなると思っていたけど、とんでもなかったというのだ。一緒に串焼きを食べ、ビールを一、二杯飲みながら私は、散らかっててもいいから家に招待してよとせがんだ。その頃、私たちは一緒に住もうかという話をしていて、この人のふだんの姿がどうなのか、見ておくのも大事だと思っていた。参考までに、ファン・ソヌは当時、私の家によく遊びに来ていたが、来るたびに家がきれいに片づいているのを見て、「うちはこんなじゃない。私の家は絶対にこうじゃ……」と何度も言っていた。そして、私は、恋焦がれていた大きな猫、ゴロについに会えるのだと思うと、何日も前からわくわくしていた。

こんな寒い日に人を招待しておいてそのまま帰すのは悪いと思ったファン・ソヌは、結局私を家に案内した。私は快哉を叫んだ。イリカフェと美容室チャンサロンを通り過ぎ、路地の奥にあるきれいな建物に到着した。階段で四階まで上がり、さらに鉄の外階段を上がると屋上に出て、狭くはないその空間に雪がびっしりと積もっていた。あれ、雪降ったっけ？　もう一度よく見てみると、それらはすべて白いゴミ袋で、薄暗い月明かりのせいで私が見間違えたのだった。ゴミ袋が屋上を埋め尽くし、雪のように美しかった……と過ぎた日を歪曲してみる。鉄門を開けるとベランダがあり、次に玄関のドアを開けて家の中に入るという構造だったのだが、ファン・ソヌはベランダを見てはいけないと何度も言い、玄関の中に私を押し込んだ。ファン・ソヌが六年暮らしている家についに入った。

そして、初めてゴロとヨンベに会った。怖がりなうちの猫たちと違い、ゴロとヨンベは「もてなし上手」だった。玄関の前まで出てきて「この小さい人間は何だ」と好奇心に満ちた目で私に鼻を当て、クンクンにおいをかいだ。ゴロはとても大きく、ヨンベはとても小さくて、二匹ともほんとにかわいかった。

ずっと会いたかったゴロとヨンベに対面できたのもよかったけれど、ずっとツイッターを見ながらほんとにかっこいいと思っていた人の家に入れてうれしかった。こぢんまりした家だった。何て言うか、巣《ねぐら》みたいだった。

リビング兼キッチンには本がぎっしり並んでいて、ざっとみただけでも私の蔵書と重なるものが多く、読みたいなと思いながら読めていない本もたくさんあった。やっぱりファン・ソヌの好みが気に入った。本があるのはそこだけではなく、寝室にもたくさん積まれていた。本だけではない。本の横にはCDとLPがどん、どんと積まれていて（この趣味もやはり気に入った）、その横には服とかばんとアクセサリーの大きな山（服の趣味は私とほとんど重なっていない）が部屋のほぼ半分を埋め尽くしていた。バスルームにはシャンプー、リンス、コンディショナー、クレンジング、ボディシャンプー、ボディスクラブ、ボディローション、ボディバター、石けん、ハンドソープ、顔パック、鼻パック、毛抜きなど、すべての物が平均して五個ずつあった。平均五個と言ったのは、多い物（ボディローション）だと、十二個ほどあったからだ。後で知ったのだが、今、使っている物だけでそれだけあり、未使用の物はその五倍ほどあった。狭いバスルームが物であふれ返っていた。そのせいで、棚に入りきらないタオルがあちこちに置かれていた。

そう、ひとことで言って、その家にはあらゆる物が多かった。カラスがきらきら輝くものをくわえて集めるように、その家には、ものを集めるのは好きだけど捨てられないファン・ソヌが買い集めたもので足の踏み場もないほどだった。そのうえ、ハイファッション雑誌のエディターだったから、いろんなブランドからもらった物がかなりあった。付け加えるなら、後日、こういったプレゼント攻勢の上限を決めてくれた金英蘭《キムヨンラン》最高裁判事〔汚職防止のため公務員やマスコミ関係者、私立学校教員への接待を禁止した「不正請託および金品など授受の禁止に関する法律」が二〇一六年九月に韓国で施行された。発案者の名前を取って一般的に「金英蘭法」と呼ばれている〕を心から尊敬するようになった。

ファン・ソヌの家はひとりで暮らす分には狭くなかったけれど、体を大きく動かせる空間は残っていなかった。だから、巣みたいにこぢんまりと感じられたのだ。私はその家が好きだった。魅力的に感じている人の性格と内面が反映されている空間だったし、物が多い分面白い物もたくさんあって、見物する楽しみも大きかった。その日の夜、私が持っていった小さなケーキを食べて、ワインを飲み、二つの家の極端な違いについて不思議がりながら、楽しく語り合った。

再び、二〇一六年十二月六日午後二時に、その魅力的なファン・ソヌと一緒に住むことになった家で冷たい風に吹かれながら立っている私に戻ると、頭の中はこうだった。私はどうして十か月前にこのことを予想できなかったのだろう。証拠があらゆる所に転がっていたのに！　屋上にあふれ返っていたゴミ袋！　二歩歩けば何かが足に当たるあの家！　私はなぜ、あのすべての物を自分の暮らしに引き入れることにしたのか。あばたもえくぼ、だったのか⁉

HANA
ハナ

家の妖精ドビーの誕生

初めての和気あいあいとした訪問の後、私はしょっちゅうファン・ソヌの家に遊びに行った。私は当時、弘大《ホンデ》〔ソウル市麻浦区にある弘益大学周辺〕にある文化施設「想像の庭《マダン》」で毎週、コピーライティングの授業をしていたのだが、二時間ずっと話しつづけるせいで、授業が終わるとビールが飲みたくて仕方なかった。想像の庭から少し歩いた所にある、行きつけの串焼きの店「串村」でファン・ソヌに会い、ビールを一、二（三、四）杯飲むのが通例になった。会えば話と笑いが止まらない私たちは、コンビニで四本一万ウォンの世界各国のビールを買い、ファン・ソヌの家で二次会をし、遅くまで交互に好きな音楽をかけながら遊んだ。泊まって帰ることもときどきあった。遅い時間に上水洞からタクシーに乗り、三清洞の路地を上がっていってくれと頼むといやがられたりして不愉快な思いをすることがあったし、翌日、朝早く出勤する必要のない私は、そこで一晩寝てお昼ごろにゆっくり家に帰った。主が出勤して不在の家で目を覚ました私は、前夜の酒盛りの後片づけのついでに少しずつ家の整理を始めた。私にとっては大変なことでもなく簡単な整理だったが、少しやって帰ると、仕事を終えて帰ってきたファン・ソヌから感激のメッセージが送られてきた。「私の家じゃないかと思った！　こんなにきれいになって！」

昔、ソル・ギョングとチョン・ドヨン主演の『私にも妻がいたらいいのに』（二〇〇一）という映画があった。ファン・ソヌに必要なのはまさに「妻」だった。ツイッターを見ただけでも、ファン・ソヌには家事をやる絶対的な時間が不足していた。ロンドン、ニューヨーク、ベニス、モルディブと数えきれないほど出張し、ソウル市内に新しくできた話題のスポットをすべてチェックし、顔が広いので常にいろんな人との約束が入っていて、音楽の公演はジャンルを問わず聴きに行き、残りの時間は漢江沿いを走るのに忙しかったからだ。もし、ファン・ソヌが男だったら、デキる男だと褒めまくられ、「早く家のことをやってくれる人と結婚しないと」「男のひとり暮らしなんて、そんなもんだ」ぐらいのことは、ときどき言われていただろう。

しかし、人々は暗に、女たちには仕事と家庭の両立を要求する。「女のひとり暮らしなのに、どうしてこんなに散らかってるのか」と言いながら。誰も彼女に「早く家事をやってくれる男《ひと》を探さないと」と忠告はしない。だけど、仕事と家庭の両立は誰にとってもしんどいことだ。外で活発に動き回り、一生懸命働いている人なら、誰だって家のことをやってくれる「妻」が必要になる。その「妻」は男だって女だって構わない。時には家事サービスの人にお願いするということだってあり得る。

私は旅行と友達が好きなので誘われれば必ず出かけるけれど、ファン・ソヌと違って家のことをするのもかなり好きなタイプだ。ちょっと動けばいいことだし、相手を喜ばせることができるなんてうれしいことではないか。それに私が、その職業的成功とあふれるエネルギーに感嘆する女性を同じ女性としてサポートし、応援できるということがうれしかったし、ファン・ソヌがそのお返しにいつも、最高においしい料理を作ってくれたのでうれしさは倍増した。

私は正式に許可をもらい、本格的にファン・ソヌの家を片づけはじめた。家から工具箱も持ってきた。初めてあの家に行った時にいちばん驚いたのは、ぐるぐる巻かれた巨大なケーブルの束が部屋の敷居に置かれていて、猫も人もその上を越えて行き来しているということだった。私は、専用ピンを使ってケーブルを固定し、床や壁にぐるりと這わせて見えないようにした。次に驚いたのは玄関ドアからたんすまで、取っ手という取っ手がすべてガタガタしていたことだ。ドライバーを回して、がたついたり壊れたりしていた取っ手を全部修理した。洗面台は、何年か前にファン・ソヌが何かを落として割ったせいで穴が空いていた。私は、お祝いすべきことがあった日、プレゼントの代わりに乙支《ウルチ》路《ロ》〔ソウル市中区にある道具屋街。現在、再開発が進んでいる〕に行って洗面台を買い、工事の人を呼んで取り換えてもらった。こぼしてしまったのか、寝室の床にまき散らしたまま何年も放置されていたシルバーのマニキュアも、シールはがし剤で拭き取った。

　物が多すぎて手が届かない所にあったり、お互いにくっついてしまって使えなくなったような物を無数に捨てた。古くてボロボロのＡ４用紙や展示会の広報資料などを約十箱分、使っていない傘約二十本、インクの出ないペン約千五百本を捨てた。一生のうちに使いきれそうにないボディソープやボディローションなどは、友人に分けてあげた。棚の収納量より明らかに多いタオルは、半分は切って掃除用にし、半分は糸くずと毛羽を切ってからきれいに畳んで収納した。ゴミ箱や収納棚、食器乾燥機、タオル掛け、シンク下の収納ラックなどの配置を大々的に変え、使いやすく収納し直した。

ガスレンジの前には大きなスタンド型の掃除機が二台あり、ラーメンを作るには掃除機を移動させなければならなかったが、使ってみたら吸い込みがよくなかった。ヘッドをひっくり返してみると、髪の毛やほこりが絡まって完全に詰まっていたので、ヘッドを分解して掃除し、バッテリーを交換した。一台は捨てた。どうせその家には掃除機をかける空間もそんなになかったから。ガスレンジは、ファン・ソヌの血となり肉となった料理の痕跡が油汚れと一緒に刻まれた歴史本みたいなものだったが、私は洗剤とスポンジでその歴史を終息させた。

冷蔵庫を開けると、いつも物がなだれ落ちてきた。最近の言葉にＹＯＬＯ《ヨロ》〔You Only Live Onceの略語で、人生は一度だけという意味〕というのがあるが、ファン・ソヌの冷蔵庫を開けるとわかる。この人は本物だ！　本物のＹＯＬＯだ。次に冷蔵庫を開ける自分を配慮する時間などない。人生は短く、その人生をただ一度生きるだけだ。ドアを開け、牛乳とハムの間に二・五センチほどのすき間を見つけたら、缶ビールをそのすき間に無理やり押し込んで急いでドアを閉める。だが、ドアを開けるたびに、不安定に置かれたそれらはざーっとなだれ落ち、それはただ、冷蔵庫を開けるたびに繰り広げられる自然の儀式みたいなものだった。

許可を得て冷蔵庫を整理すると、奥の方から高級ブランドの限定チョコレートが一箱出てきた。チョコレートを愛する私は小躍りしたが、賞味期限を三年ほど過ぎていた。冷蔵庫の話だけでもこの章の半分ほどを埋められそうだけど、ポリ袋に包まれていて、ぬるぬるしていて、巨大でどす黒く神秘的な物体を野菜室から取り出して捨てることで、冷蔵庫の掃除は幕を下ろした、ということにしておこう。その物体は、いつYOLOの聖殿に入り地下の監獄に監禁されたのか、誰も知る由のないキャベツだった……。

ファン・ソヌがニューヨークに長期出張している間、猫たちの世話をするために私はその家にしょっちゅう出入りした。その間に私は、巨大プロジェクトに突入した。まさに私があの家に初めて行った日、ファン・ソヌが見せないようにして私を玄関ドアの向こうに押し込んだあの空間、ベランダの掃除を敢行したのだ。引っ越してきて六年間、一度も掃除していないと思われるその空間は、驚いたことに靴でいっぱいだった。

いや、驚くことではなかった。ファン・ソヌはあらゆる物が多い人で、玄関の内側にある靴箱もぎっしり詰まっていて、運動靴は五十足ほどあった。ランニングが好きなファン・ソヌに、某スポーツブランドが金英蘭法施行前にプレゼントした最新のランニングシューズだけでも、相当なコレクションだった。もう一度言う。金英蘭最高裁判事様、尊敬いたします……。

問題は靴箱の置き場所が場当たり的で、玄関ドアがちゃんと開かないということだった。私は二日間にわたってベランダに水を撒いて掃除し、靴箱を使いやすい場所に置き換え、完全に履けなくなった靴を捨てた。出張から帰ってきたファン・ソヌは、ベランダのドアを開けた瞬間、「ラブハウス」〔二〇〇〇年からMBCで放送されていたバラエティ番組『日曜日、日曜日の夜に』の人気コーナーで、狭くて不便だったり古くて危険な家をリフォームし、依頼人と視聴者に感動を与えていた〕の依頼人みたいな表情を私に見せ、きれいになったキッチンで、世界でいちばんおいしいパスタを作ってくれた。

あらためてこう書いてみると、「私がちょっと動けば済むこと」ではなかった。でも、毎日少しずつ家が快適になり、動ける空間ができ、仕事が終わって帰ってきたファン・ソヌが喜ぶ姿を見るのがうれしかった。当時、ファン・ソヌは私のことを「ドビー」と呼んだ。ハリー・ポッターに出てくる家の妖精のことだ。ある日、ファン・ソヌは私にかわいい靴下をプレゼントしてくれた。ハリー・ポッターによると、家の妖精ドビーは、靴下をもらうと自由の身になれる。ところがこのドビーは、ファン・ソヌからもらった靴下をはいたまま、せっせとガスレンジを磨いたとさ。

HANA
ハナ

二つの人生を合わせる

さて、再び引っ越し荷物を見ている私に戻ろう。あの日は月刊誌を作っていたファン・ソヌが締め切り週間に突入した日で、午後には会社に行かなければならなかった。私はひとりで、新居に搬入される荷物をどこに置くべきか判断し、引越センターの人たちに指示しなければならなかった。ところが、荷物を置く場所がなかった。

ファン・ソヌの家にあった家具や収納ボックスはひとり暮らしを始めた頃から使っていたものだった。何も捨てられない性格のせいで使いつづけ、収納ボックスを少しずつ買い足してきたので、どれも新居にはまったく似合わなかった。それにもともと、この日が来るまで一時的に使うつもりの物だった。この日というのは、結婚などで生活がドラマチックに変わり、人生の「本物」の軌道に乗る日を意味する。

しかし、実際には人生の本物の軌道なんてものは存在しない。ある人は、高校時代を大学入試の準備期間だと考えるけれど、私の友達のファン・ヨンジュの言う通り、高校時代は一つの厳然たる「時代」だ。同様に、多くの人たちがシングルとして生きる時間を結婚の準備期間のように考えるが、結婚平均年齢がだんだん上がっている最近ではその期間がとても長くなり、人生の大部分を占めたりもする。にもかかわらずその期間を「本当の人生」の序幕のように考えるなら、長い間、人生を猶予しながら生きることになってしまう。結婚をすることになるのかどうかわからなかったファン・ソヌは猶予期間が長く、そろそろ人生を新しく、再整備しなければと思っているところに私と出会い、意気投合した。

さあ、かくしてファン・ソヌの家具は処分され、その中に入っていた物は、行く先を失ったまま新居に運ばれてきた。収納する場所がないどころか、収納すべき物なのか捨てるべき物なのか、判断を待たなければならなかったので、床はあらゆる雑多な物であふれていた。引っ越す前に捨てる物を整理してくるべきだったが、いろいろ事情があってできなかった。忙しくもあり、私が先に引っ越し荷物を出してファン・ソヌの家に寝泊まりしていた時、「いいよ。

引っ越してから私が片づけるから」と大言壮語し、ファン・ソヌが整理しようとするのを引き留めたせいでもあった。

その大言が吹き飛ぶほどに、ベランダの窓から次から次へと運び込まれて床にあふれかえった荷物の量に、私は完全に圧倒されてしまった。前はある程度引き出しやたんすの中に入っていてその規模を把握しきれなかった物が、あっという間に巨大な山となって目の前に積まれていった。慶州《キョンジュ》〔慶尚北道に位置する古都〕に行けば見られる大陵苑〔新羅時代の古墳群。十三代王味鄒の墓「味鄒陵」など二十三基の古墳がある〕みたいだった。私はその時になって初めて心の中で涙を流し、チョン・ヒョンジョン〔一九三九～。鄭玄宗〕の詩を全身をもって理解した。

人が来るということは／実は途方もないことだ／その人は／過去と／現在と／そして／未来を一緒に連れてくるからだ／ひとりの人間の人生がやってくるからだ。

——チョン・ヒョンジョン「訪問客」より

同居に突入する前に私たちは、ほかの友達三人と一緒に一週間、アイスランドを旅行した。そこには、巨大な二つの大陸、ユーラシアプレートと北アメリカプレートの境目が見られる地域があった。全世界的なスケールで相接するさまがそのまま視覚化されたその場所が、頭に浮かんだ。私たちの同居は、ユーラシアプレートと北アメリカプレートが衝突するみたいなものだった。最初、私たちは互いの似ている点を見つけて驚いていたが、その後、互いの違いに気づいてもっと驚いた。私たちは、あまりにも違うタイプの人間だった。それも、毎日毎日果てしなく押し寄せる波のように続く「生活習慣」という巨大な領域で。

各自が四十年にわたって築き上げてきた生活習慣は、決して簡単には変えられない。どちらが正しいという答えもなく、いくつかのルールを守ることに合意したとしても解決にはならない。私がファン・ソヌの家をあちこち片づけたり修理したりしたのはあくまで親切心であって、気が向いた時に気が向くだけやればよかった。家に対する最終責任はファン・ソヌにあって、私は手伝う立場だったから。私なら、そうはしないであろうやり方で並べたり配置してある物を見ても、まったく気に障ることはなかった。

ところが、私の家でもある一つの空間に積まれていく物の大陵苑を見ていて、はっと我に返った。それは、ファン・ソヌの生活習慣という波が四十年にわたって築き上げた地形であり、私はこれから、私とはまったく異なる方向に、毎日毎日押し寄せる波と共に生きていかなければならなかった。もちろん、それはファン・ソヌの立場から見ても同じだっただろう。

SUNWOO
ソヌ

けんかの技術

仲良く暮らすというのはすなわち、よくけんかするということだ。他人との立場の違いと葛藤が、取り除くことのできない人生の構成要素である以上は。ずいぶん長い間、私は自分自身についても、けんかについても誤解したまま生きてきた。自分は誰かとそうそうけんかするタイプではないし、できるだけ争わないことが望ましいと思っていた。大声で叫びながらけんかしている人を見ると、何もそんなに熱くならなくてもと思っていた。

恋人や友達と激しくけんかしてしまいそうな状況になると、冷ややかな雰囲気のまま早めに別れて家に帰るのが私のやり方だ。ひとりになって自分の気持ちをじっと見つめ直したり、ほかのことに気持ちを向ければ平静を取り戻せる。けんかのことは忘れてまた仲良くできればいいけれど、同じようなことが何度も繰り返されて、ああ、これ以上は無理だなと思ったら、その相手とは次第に会わなくなってしまう。不満や寂しさをあからさまに表現して相手にぶつける代わりに、心の中でこっそり期待や失望、評価のプラスマイナスを記録しているわけだ。

「Cry me a river」。歌詞として初めてこの英語表現に接した時、「川のように泣くなんて、ものすごいスケールだな」と思った。私の前では思いきり悲しみをさらけ出してもいいという意味だと思っていたけれど、後になって知ったのは、意外にも「私の前で好きなだけ泣けばいい、私の知ったこっちゃないけどね」みたいな意味だった。とにかく、世の中には漢江みたいに大量の涙を流す人もいるだろうし、暴風が吹き荒れるように怒り狂う人も存在する。それがまさにキム・ハナだ。

アメリカのドラマ『フレンズ』に、お弁当のサンドイッチを研究室の誰かが勝手に平らげてしまったのを知ったロスが声を張り上げるエピソードがあるが、その絶叫の後にセントラルパークの鳩が一斉に飛び立ち、ニューヨークの摩天楼が揺れ動く場面が現れる。もし、キム・ハナが怒る場面を描くなら、火山が爆発し、溶岩があふれ出る資料映像を前もって準備しておくといいだろう。

小柄で血の気の多い彼女は自身の著書にも書いているように、二十年来の親友ファン・ヨンジュとさまざまな理由で絶交と和解を繰り返してきたが、誰かに対する失望が積み重なると疎遠になってしまう私としては、このふたりの関係はほんとに不思議だった。でもそれも、私とキム・ハナが一緒に暮らしはじめるまでのこと。単なる他人事に思えなくなったのは、これからは、その絶交の対象が私になるかもしれないからだ。

私たちは何度もけんかした。そして、このエッセイを書くために「私たち、これまで何が原因でけんかしたっけ?」と聞いて、またけんかになるところだった。私の物が部屋中にあふれ返っているからけんかし、なぜ捨てないのだと言ってけんかした。私が、洗濯物を干したまま何日も畳まなかったせいでけんかし、一緒に旅行に行く前の日に友達と会っていて帰るのが遅くなったのが原因でけんかした。私が所有したい物の量とキム・ハナにとって適切な物の量が、家の中の散らかり具合に対する我慢の限度が、旅行前日に家の片づけに注ぐ情熱が違っていた。

その細かい違いの一つひとつがけんかのタネになりはじめると、ふたりが立っている場所の間に転げ落ちて壊れてしまいそうな気がした。私たちは、けんかの仕方のせいでさらに激しく言い争った。私はそっぽを向いて氷の壁を立てる人間で、キム・ハナは正面から火の矢を放つ人間だ。ある日、暴風が吹き荒れはじめたなと思い部屋に退避して隠れていると、キム・ハナがドアをがばっと開けて叫んだ。「この状況でよく寝られるね」。実際、うとうとしかけたところだった。そういう時は、ちょっと寝れば気持ちが収まるのに……。

後に、心理学的には、私みたいな愛着形成の様相は回避型に分類されることを知った。攻撃的にならず柔らかく遠回しに話し、摩擦が起こりそうになると目をそらしてしまうから個人主義でクールに見えるのだが、そういう人は実は卑怯な部類だ。失望するのが嫌だから期待しないふりをして、ぶつかり合うのが嫌だから大した問題ではないふりをする。成熟しているからけんかしないのではなく、むしろ未熟だからうまくけんかできない。けんかして傷ついても、洞窟みたいなわが家に帰ってきてちょっと休めば済むことだったから。でも、もうそれは通用しない。一緒に暮らす人とけんかするというのは、逃げ場所がなくなるということだ。これまでは、誰かと関係がこじれてもそんなに深く追究したり、きちんと解決する必要はなかったけれど、今は背水の陣のような気持ちで、最善を尽くして臨まなければならない。ちゃんと、とことんけんかしなければならないのだ。

今も言動でよく失敗する。生活習慣やルールが違うから衝突する。適当な距離を保てず、言いすぎたりやりすぎたりしてしまうこともある。だけど、けんかの頻度が少しずつ減ってきてはいる。けんかの中での私のいちばん大きな過ちは、何か間違っていると指摘されたことを責められていると受け止めてしまい、それに対する弁明ばかりしてしまうことだ。自分の論理を何とか理解させようとするのだけれど、相手にとっては言い訳でしかない。相手がなぜ腹を立て、悲しんでいるのか、それを知ろうと努力し、慰めるのが先なのに、自分のことばかり考えていたのだ。

私が学び取ったけんかの技術は、心を込めてすぐに謝り、自分がどんな間違いを犯したのかをきちんと把握して自分の口で確認し、相手の気持ちを考え、尋ね、共感することだ。誰かと一緒に暮らしてみてはじめて、こんな基本的なことを学ぶことができた。夫婦げんかだけでなく、友達同士のけんかも犬は食わないらしく、私たちは、いつけんかしたっけと言わんばかりにまた仲良く過ごしているけれど、犬も食わないけんかのおかげで少しは解消される部分もある。

けんかの目的は何なのだろうと考えてみる。自分の手に最もよくなじんだ武器を相手の急所に突き刺して息の根を止めることだろうか。再び立ち上がれないように殴り、踏みつけることだろうか。一緒に暮らす人、一緒に暮らしていかなければならない人とのけんかは、忘れるためにするものだ。シャベルで感情の流れる道を掘り、流れをよくするためのけんかであって、ちゃんともとの関係に戻るためのけんかなのだ。

人はひとりでも幸せになれるだろうけど、自分の世界に誰かを招き入れると決めた以上、互いの感情をうかがい、心の平和を願いながら努力するしかない。私たちは絶えずけんかし、すぐに仲直りしてはまたけんかする。許してはまたがっかりしたりもするけれど、相手に期待することをあきらめてはいない。相手にチャンスを与えつづけるのだ。そうして続く交戦状態は、まったくけんかしない軟弱な平和よりもずっと健康的であることを私は知っている。

HANA
ハナ

「ティファールの戦い」と誕生日の食卓

　引っ越しの日から同居人は締め切りで忙しい期間に突入し、毎日遅くまで会社にいて、私は一日中家の片づけをしていた。一日も早くきれいに片づいた空間で暮らしたいという一心で、休まず体を動かした。同居人が仕事から帰ってくるたびに、少しずつきれいに整っていくのを見せてあげたかった。でも、まるでギリシャ神話のシーシュポスが岩を押しながら坂道を上っているみたいだった。収納空間が足りなくて、私が勝手に捨てられない物があまりにも多かった。そんな中、一緒に暮らすことになった猫四匹の神経戦も毎日異なる様相を見せ、ストレスを増幅させた（そして、一日に掃除しなければならない猫の糞尿と飛び散る毛の量も二倍になった）。私は急速に疲れていき、イライラが毎日二時間ごとにこみ上げてきた。そうやって何日かが過ぎた。そして、「ティファールの戦い」が勃発した。

　ひとり暮らしの長かった私たちは、当然ながら同じ物をそれぞれ一つずつ持っていた。テレビも二台になり、電子レンジも二台、ガスレンジも二台と、そんなありさまだったから、どれも一台ずつ残して処分した。私の壁掛けテレビの方が大きかったけれど、かっこよくないと同居人が言うので友人にあげ、私が使っていたワールプールの電子レンジも飲食店を始める準備をしていた友人に譲った。

ひとりで引っ越し荷物を整理していたある日、まったく同じモデルのティファールの電気ポットが二つ出てきた。違いは、私のは一リットル、同居人のは一・七リットルという点だった。電気ポットを一家に二台置いておく必要はないので、一つ処分しようと思った。物をちゃんと手入れできない同居人の電気ポットはずいぶん古くなっていたうえに、私の目には必要以上に大きかったので、カカオトークで聞いてみた。「これ、捨ててもいい？　二つあるけど、小さい方で十分だと思う」。そう書いて送り、しばらくほかの物を整理していると返事が来た。「でも、大きい方が便利だと思うけど」。それに返信した。「ラーメンをふたり分作るのだって、一リットルあれば十分だよ」。ティリリン。返事が来た。「湯たんぽに熱いお湯を入れる時にそれが便利なのよ」

チャポーン。いつだったか、テレビの夫婦の悩み相談番組で見たことがある。どういう問題でけんかするのかという問いに、妻が「本当につまらないことです。なぜ靴下を丸めて脱いだまま放っておくのか、みたいなことでけんかするんです」と答えると、相談役の人が粘っこい慶尚道《キョンサンド》のなまりでこう答えた。「夫婦の間にはですな、些細なことなど、ひと一一つもありまへん。積もりに積もったものが、靴下一つで爆発するんです。なみなみと水が入っているコップに一滴でも加えたら、あふれるでしょう。それとおんなじですわ」。最も私的な空間を共有する同居人の関係も同じだ。引っ越した日から、いや、ひょっとするとそれ以前から、私のコップにだんだん水が満ちていき、それがあふれるかあふれないかのギリギリのところでティファールの電気ポット問題が最後の一滴を落としたのだった。

突然、溜まっていたイライラが爆発した。私ひとり、このカオスの中で一日中孤軍奮闘しているのに、たかが〇・七リットルの違いをあきらめられないのか⁉　そうやって何も捨てられないから、家の中が大変なことになっているのではないか！　この何日かだけでなく、以前私がファン・ソヌの上水洞の家を掃除し、修理し、整理整頓してあげた記憶まで蘇ってきた。私はあの時、ただ手伝ってあげたい一心で、喜んで、自発的にやったのにもかかわらず、心が疲れ果てると、そのすべてがいら立ちと怒りとなって返ってきた。人はあまり頑張りすぎてはいけないのだ。何の代償も望まないと言いながら、心の奥底では相手と自分に、自らの手で、荷物を背負わせていたのかもしれない。

私は、長文の大爆弾メッセージを送った。「そうやって一生ゴミ屋敷で暮らせばいい！」に始まり、ラップバトルをするようにあらゆる言葉を吐き出した。引っ越す前までは、ふたり一緒に暮らせばよりいい人生を送ることができると思っていたけれど、その時は地獄にいるような気分で、これからの人生がめちゃくちゃになってしまったように思えた。一・七リットルのティファールの電気ポットを見るのも嫌で、シンクの下に入れて扉をバタンと閉めた。

その後、何の連絡も寄こさなかった同居人は、夜遅く帰ってくると洋服部屋に入ってドアを閉めたきり、出てこなかった。私は腹を立てたまま寝てしまった。翌朝、夜通し泣きながら捨てる物を整理し、目をすっかり腫らした同居人がゴミ袋をどっさり抱えて出てきた。それを見た瞬間、申し訳ない気持ちがどっと押し寄せてきたけれど、ごめんなさいという言葉が出てこなかった。同居人が出勤すると憎らしい気持ちが解けて、また一生懸命、シーシュポス活動を再開した。

同居人の上司だった『W Korea』のイ・ヘジュ編集長が結婚生活についてこんなことを言っていたという。「ふたりで暮らすのも団体生活よ」。同居人としていちばん大切な資質は、互いのライフスタイルが合うか合わないかよりも、共同生活のために努力する気持ちがあるかどうかにかかっている。だから、葛藤が生じても修復することはできる。その日の夜、同居人と私は互いの気持ちを正直に打ち明けて和解した。ティファールの電気ポットは捨てなかった。本当の問題はそれではなかったのだ。その〇・七リットルがまさに「最後の一滴」だっただけだ。

一緒に暮らしはじめた時は互いの極端な違いを受け入れられず、しょっちゅうけんかした。大声を上げて怒り、泣きもした（同居人は、そんなに大声で火のごとく怒る人を初めて見たと言った）。一緒に暮らして二年ほどが過ぎた今、私たちはほとんどけんかしなくなった。この間にふたりが少しずつ断ち切ったのは、相手をコントロールしようという気持ちだ。代わりに、ふたりが共に望む家の姿と状態、そして、各自が確保することを望むプライベート空間についてきちんと話し合い、それを一緒に作り上げるために努力している。

　相手を変えようとすることは争いを生むだけで、そもそもそれは不可能なことだ。ふたり一緒に同じ目標のために努力すること、それがまさに団体生活に必要なチームスピリットだ。ファン・ソヌと一緒に暮らしながら、私が自らに課していた整理に対するプレッシャーはずいぶん減り、家が少しぐらい散らかっていてもさほど気にならなくなった。家のあちこちに群落地を成す物たちの生態系も、ただ興味深く見守っている。一方、同居人は、物を増やす習慣について考え直し、その結果、わが家はある程度バランスの取れた状態を保っていると言っておこう。

　ティファールの戦いから何日かすると、私の誕生日だった。ちょうどその前日に同居人の締め切りが終わり、家もきちんと片づいていた。私はその日、生涯最高の手厚い料理で祝ってもらった。同居人は、ワタリガニが大好きな私のために大きなワタリガニをさばき、牛肉のワカメスープ〔韓国では誕生日にワカメスープを食べる習慣がある〕、エビ、カキ、トングランテン〔豆腐や豚のひき肉などをミニハンバーグ状にし、小麦粉と卵をつけて焼いたもの。祝いの席でよく食べられる〕、サラダ、ナムルなど、テーブルいっぱいに料理を用意し、ヴーヴ・クリコを注いでくれた。どうやったらひとりでこんなに多くの料理を一度に作れるんだろうと驚いた。掃除と片づけは苦手だけれど、料理は天才的に上手な同居人のおかげで、すてきな誕生日の食卓になった。どれも死ぬほどおいしくて、私たちは気分よく酔い、「わが家」での初めてのパーティーを楽しんだ。

猫たちの紹介

HAKU《ハク》
Female
2006

TIGGER《ティガー》
Female
2009

GORO《ゴロ》
Male
2008

YOUNGBAE《ヨンベ》
Female
2011

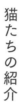

HAKU《ハク》

Female
2006

13年前に偶然飼うことになった、キム・ハナにとって人生初の猫だ。雨の降る日、ある家の門の前に置かれていた箱の中にいた。小さい時はブサイクだったが、大きくなるにつれて驚くほどまぶしいべっぴんさんになった。スマートな体形にガラスのように繊細な性格。かなり敏感で怖がりだ。だけど、好奇心も強く、危機的状況を耐え抜く力もある。ハクという名前は、初めて会った時、やたらと、はっ！　はっ！〔ハングルで表記すると終声にkの音が入る〕と警戒する声を上げていたからだ。キム・ハナは当初、手と足に無数の爪跡と歯形を残され、触らせてもらえるようになるまで丸2か月かかった。でも今はよく膝に乗ってきて、4匹の中でいちばんよく抱っこされている。だが、ほかの人がハクを触るには長い時間が必要だ。実際、ほかの人は、最初は顔を見るのも難しい。

ティガー
TIGGER

Female
2009

キム・ハナが浅水湾《チョンスマン》〔忠清南道の泰安半島の南に広がる湾〕に旅行に行って出会い、すっかりとりこになったトラ模様の猫がいた。連れて帰ってもいいと言うのでその気になっていたのに、間際になって飼い主の考えが変わり、連れてこられなくなった。すっかり心を奪われ、ソウルに帰ってきてからも忘れられずにいたところに、浅水湾で見たのとそっくりな猫が弘大入口《ホンデイック》駅〔ソウル市麻浦区にある地下鉄２号線などの駅〕で売られていた。売り主の様子がちょっと変だったので友達に３万ウォンを借り、助け出すようにして連れてきたのがティガーだ。怖がりだけど散歩が好きで、前の家で暮らしていた時には自分で窓を開けて飛び出し、近所を何時間も散歩しては帰ってきた。おなかの肉が床につきそうなほど垂れ下がった太っちょ猫。ティガーも、知らない人が来るとすぐ隠れてしまう。

GORO《ゴロ》

Male
2008

幼少期を過ごしていた汝矣島《ヨイド》公園で、ファン・ソヌの友達に近づいてニャーニャー鳴き、保護された。だから、ほかの猫と違って小さい頃の姿を知らない。がっしりした体形で、垂れ目なうえに瞳が大きくて、『シュレック』に出てくる「長ぐつをはいたネコ」みたいに人の心を開かせる。人を避けることもなく、家に工事の人が来ると平然と隣に座り、工具かばんをあさる。おとなしそうに見えるが、無防備に近づくと穴が空くほど強く噛まれる。わが家で唯一のオスだが、意外に声が細くて高く、カストラート〔少年期の高い声を保つために変声期前に去勢した男性歌手〕ではないかという意見も聞かれる、ギャップのある猫。

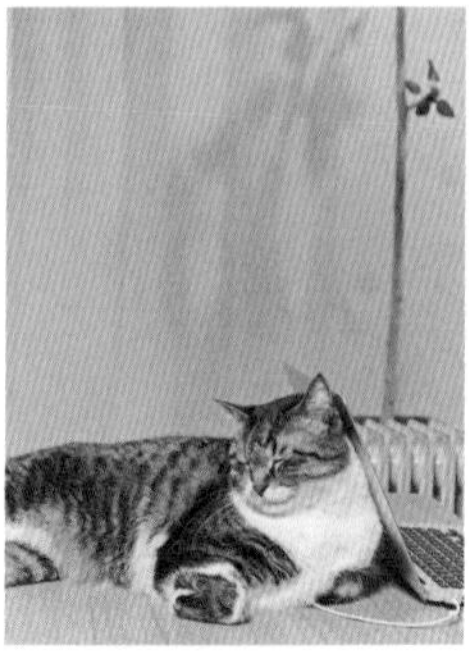

YOUNGBAE《ヨンベ》

Female
2011

策士であり、行動家。４匹の中でいちばん年下で、いちばん賢くて、いちばんすばしっこい。ファン・ソヌが好きなBIG BANGのテヤンの本名「ドン・ヨンベ」から命名した。ほかの３匹はみんな野良猫出身で雑種だが、ヨンベはアビシニアンと野良猫の間に生まれたミックス猫だ。唯一、家の中で人と猫が見守る中で生まれたため、自尊心が強く、みんなに愛されないと気が済まない性格。誰も教えていないのに人間のトイレで用を足す、何とも賢い不思議な末っ子だ。絶えずニャーニャー言いながらまめまめしく動き回っているが、前ほど抱っこされるのは好きでない。いつも何か策略を巡らせているような顔つきだ。

JOHANNES BRAHMS
MOZART PIANO SONATAS

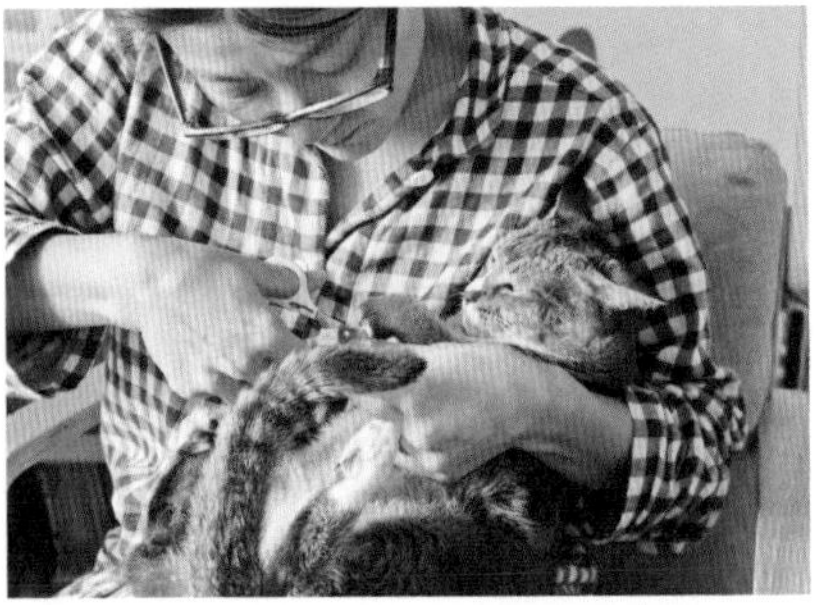

3.

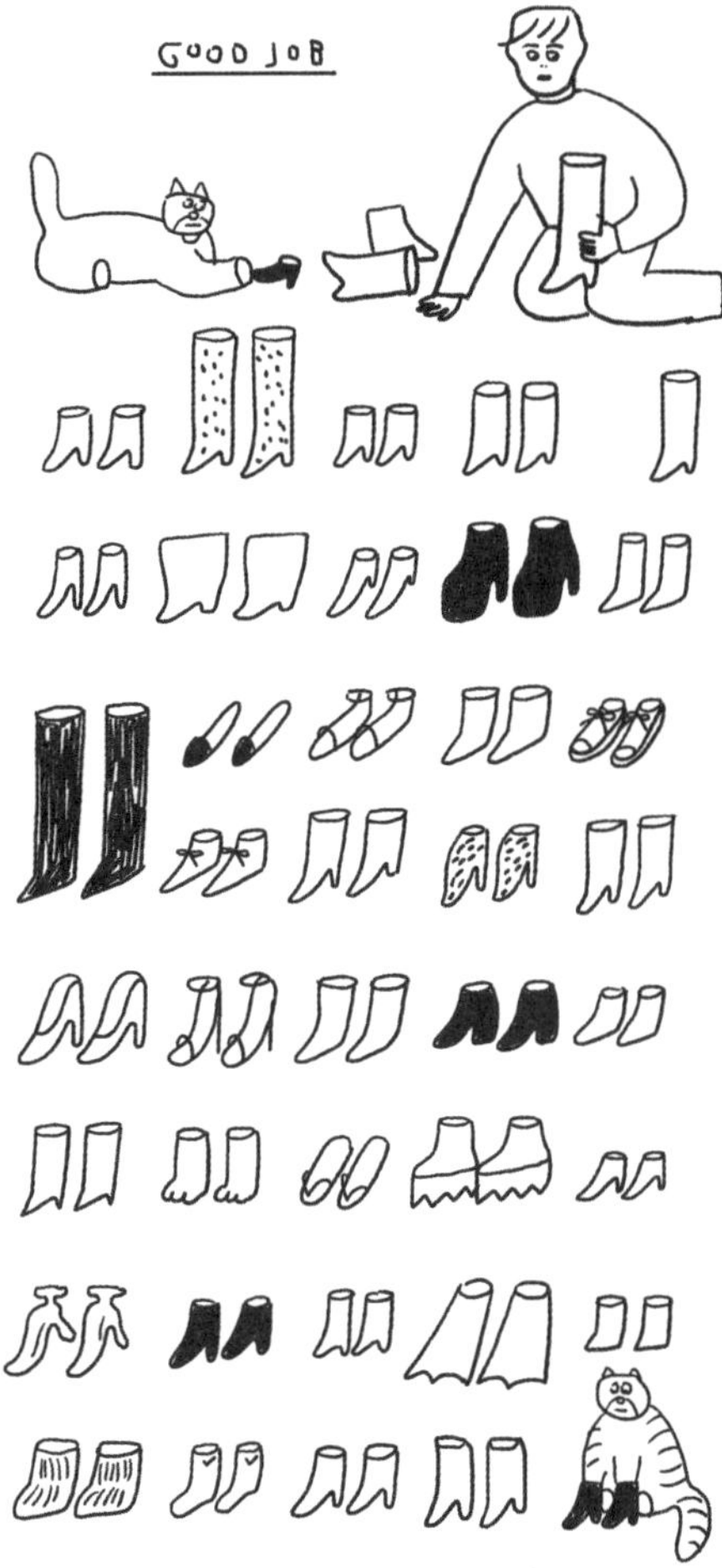

SUNWOO
ソヌ

わが家の『キャッツ』

初めて自分でお金を出して見たミュージカルは『キャッツ』だ。自分で稼いだお金で初めてロンドン旅行をした時のことだ。記憶の中の数多くの初めては、中途半端であいまいな形でしか残っていないけれど、それはきっと大きな期待と乏しい実行力、静かな絶望がないまぜになっていたからだろう。もちろん、『キャッツ』は全世界的にロングランになっている優れたコンテンツであり、「古典」と言ってもいいほどのエンターテインメントの成功作だ。ただ、当時の私の経験と理解では十分に味わうことができなかった。私の背景知識が足りなかったのは、ミュージカルというジャンルのしきたりだけでなく、猫という種に対しても同じだった。幕が上がる前、俳優、いや猫たちが暗闇の中で目を光らせ、観客席のそばに這うようにして飛び込んできて、尻尾で観客に触れたりするオープニングは今でも鮮明に覚えている。

でも、その後の私の反応はこんな感じだった。「え、それだけ？　ほんとに重要な事件はいつ起きるの？」。あの時の私は、猫が力を合わせて危機に陥った人間を助けるとか、主人公の猫一、二、三が恋の三角関係になるといったストーリーを期待していた。だが、『キャッツ』こそ何も起こらない物語だ。都市の猫たちが夜更けに、長老の預言猫オールドデュトロノミーの前に集まって、誰が新しい命を得ることになるかを決めるという内容で、いろんな猫の名前と個性を見せてくれるエピソードの数々が構成のほぼすべてだ。一番目の猫が歌い、二番目の猫が歌い、ほかの二匹が一緒に歌って踊り……。きつい旅程で疲れた私の耳に入ってくる英語のせりふは眠気を誘い、舞台の上のけむくじゃらたちがみんな同じに見えた。

去年の秋、同居人と一緒に車に乗ってどこかへ出かける途中、『キャッツ』オリジナルキャスト・ソウル公演の屋外広告を見つけた。同居人は『キャッツ』を見たことがないと言った。地球の反対側の南米まで行き、あらゆる都市でさまざまな公演を見てきた人が、あの有名な『キャッツ』を見逃していたなんて！　私はすぐに公演初日のチケットを二枚予約した。今の私には、十五年前と違って猫の猫らしさについて理解してきた月日があり、この作品を一緒に見るのにふさわしい人もすぐそばにいる。私たちは猫四匹がせっせと排泄するうんちの山を一緒に掃除する仲で、そう、わが家には猫が四匹も暮らしている。

一匹ぐらいは構わないし、二匹まではありだとしても、三匹を超えて四匹となるとさすがにちょっと多すぎはしないか。猫を四匹飼っている友達を見ながら思っていたことだ。そして、気がついたら自分がそういう人になっていた。四匹も猫を飼う、人から多すぎはしないかと言われる人に。どうやって猫を四匹も飼うことになったのかと誰かに聞かれたら、こう答えるだろう。「人生は、計画どおりにいかないことだらけじゃないですか。特に猫の問題はね」

私が二匹飼っていて、同じく二匹を飼っていたキム・ハナと一緒に暮らすことになり、猫の数が二倍に増えた。一匹いっぴきとの出会いにはいつも、私の計画みたいなものはほんのわずかしか作用していない。思い返せば、いつも私が猫を選んだのではなく、猫が私を選んだという方が近かった。そういう意味において、人が猫と関わるようになるのは一種の事故みたいなものだ。大きくてずっしりした金属の塊ではなく、小さくてぬくぬくした毛の塊が全身で私にぶつかってくる。いや、これは宗教と言うべきか。猫に夢中になって身を捧げると、私の人生はもはや以前と同じではなくなる。

母が新居を見にくることになった時は冷や冷やした。全身を毛だらけにされる猫が、二匹では飽き足らずさらに二匹も増えたなんてどういうつもりなんだと、耳元でぎゃんぎゃん小言を言われそうで、一緒に暮らすことになった友達にも猫がいるとはとても言えなかった。しかし、ソウルのわが家で何日か過ごした母は、ハナと仲良くしなさいという言葉を残してすんなり帰っていった。猫は前と変わらず二匹だと思ったままで。キム・ハナの恥ずかしがり屋の猫二匹は客の気配がしている間、部屋に閉じこもって出てこようとしなかったので、意図せず隠すことになったのだ。

「家に猫が四匹いるんだって？　知ってるわよ」

母が残りの二匹の存在を知ることになったのは、キム・ハナの『力を抜く技術』を読んでからだった（「私の人生初めての猫」の章でハク、「冒険家猫の家出」の章ではティガーについて書いている）。だけど、この先も母が二匹に会うのは容易ではなさそうだ。キム・ハナと住んでいたハク、そしてティガーは（私の猫、あなたの猫と分けるのはなんか間違っている気がして、私たちは便宜上、住んでいた地域の名前をくっつけて三清洞の猫たちと呼ぶ)、シャイで知らない人の前に出てくることはない。一方、私と一緒に暮らしていたゴロとヨンベ(こちらは上水洞の猫たちだ)は、警戒心より好奇心の方がはるかに強い。エアコン設置の業者さんから引っ越してきたお隣さんまで、初めて会う人が家に来ると近づいていってにおいをかいだり、かばんをのぞいたりとチェックに忙しい。

人見知りするかしないかで言うと二つに分かれるが、実は四匹ともそれぞれ個性がある。両家が一つになって最年長になったハクは、いちばん敏感で臆病で、十年以上一緒に暮らしているキム・ハナのくしゃみの音にも驚いて隠れたりする。手を伸ばすとさっと逃げるけれど、一歩離れた所で体を丸めてひっくり返り、目を合わせながらもう一回近づいてこいと信号を送る。じれったいほど駆け引き上手だ。スキンシップする時は、やせっぽちの体にあらわになった骨の上を首から下へと強くなでてもらうのが好きで、しばらく抱っこされたまま和やかな鳴き声を上げているが、外で何か物音がすると、びくっとして逃げていく。

三番目のティガーは、細くて小さいハクとは対照的にまるまる太っていて、臆病なのはハクと同じだ。でも、いったん親しくなると、積極的に愛情を要求する。私がソファに座ると寄ってきて顔をこすりつけ、体をぴたっとくっつけて隣に座り、お尻を手でぽんぽんとたたくのを止めるともっとやれと催促する。まるで、カメラの前に立ったハリウッドスターの二世のように、自分は愛されて当然だということをこれっぽちも疑っていない。わが家で唯一、外出を楽しむ冒険家で、韓屋《ハノク》〔韓国の伝統的な建築様式で建てられた家〕の屋根を伝ってあちこち歩き回っているうちに大けがをして帰ってきた放浪の歴史も持っている。

二番目のゴロは、丸い顔に大きな体で、ベッドの足元に寝そべったり、オーディオの上の高くて広い所に陣取ったまま脚をぐっと伸ばして寝るのが好きで、猫というよりも大型犬みたいだ。初めてわが家に来た人たちは、「この子は犬じゃないの？」「普通の猫を二、三匹合わせたみたい」と巨体猫ゴロのスケールに驚く。気安く知らない人の膝に乗るのんびりした性格だけれど、煩わしくされると、ときどき噛んだり引っかいたりする。

そして、末っ子のヨンベ。この子はやや躁《そう》気味なのではないかと疑うほどエネルギーに満ちあふれていて、一日のうちでもハイテンションの時間が長い。猫用品を入れてある引き出しを自分で開け、おもちゃを引っぱり出して遊ぶこともしょっちゅうある。よく鳴く猫は知能が高いと言うけれど、ヨンべは四匹の中でいちばん頭がよく、同居人と私はしっかり育ててKAIST《カイスト》〔高度な科学技術人材の養成や国家の科学技術先端化を目的に設立された理工系国立大学、韓国科学技術院（Korea Advanced Institute of Science and Technology）の略称〕に行かせようと冗談を言ったりもする。四匹の中でいちばんうるさくて、いつも騒ぎ回っていて、もし人間だったら相手をするのに疲れるタイプだろう。四匹はこうして四通りの形で存在していて、それぞれちゃんと面倒を見て愛情を注ぐには、その違いに注意を傾けなければならない。素材もデザインも色もみんなそれぞれ違う四着の服があったら、扱い方にも注意しなければならないように。

　同じ部署で働いていた中国人の同僚、ウ・イェさんがこんなことを言ったことがある。「中国の人口は十三億です。二十以上の省があって地域ごとに文化がどれだけ違っているかとか。それなのに、韓国の人たちは『中国人はこうだ』とあまりにも簡単に言います。私は、韓国人に対してそんなことは言えません。十年以上韓国で暮らしながら、知り合い、親しくなった韓国の友人たちはみんな違いますから」

よく知らない、遠くにいる、愛情のない対象であるほど一般化するのは簡単だ。ざっとひとくくりにしたって構わない。でも、愛する存在の場合は、小さな違いが特別感を生み出す。その個性が大切で、意味がある。四匹と一緒に暮らしながら「猫はこうだ」と断定できることもわかったが、一方で、「猫はみんなこうだ」とは言いがたい個性があることもわかった。世の中に百匹の猫がいたら、百通りの性格があると思っている。だから、みんな同じだというのは、少なくとも猫に関しては絶対言ってはならないし、言えないということだ。その違いを知るには、一編のミュージカルでは不十分だ。わが家を舞台にした『キャッツ』もこれといったストーリーはないけれど、猫たちの個性が十分な構成要素を成している。

HANA
ハナ

大家族になった

飼っている猫が一、二匹なら、人はああそうなのかといった反応をし、三匹だと言うと若干の驚きを込めて「え、そうなんですか？」と言う。それが四匹となると、ある種の驚愕を露にして「わあ、ほんとですか!?」と言う。

ひとりで猫二匹と暮らしていた時は、それでも「単身世帯」だと思っていた。猫に話しかけても返事はないし、家の中は大抵静かで、猫がけがをしたり避妊・去勢手術をしてきた日には、ひとり静かに涙を流して眠りについた。だけど、W_2C_4、女ふたり猫四匹の家族になると、それは紛れもない大家族だった。おやつの引き出しを開けると、猫四匹が集まってきてニャーニャー鳴き立てて大騒ぎになる。両家から来た猫たちはグループに分かれてけんかしたり、少しずつ縄張りを変えたり、互いを鋭く観察しながら関係力学を変化させ、私と同居人は、どうすればこの緊張を和らげることができるのだろうと腐心していた。

とても想像できなかった微妙な部分もあった。私がもともと一緒に暮らしていた猫に引っかかれた時はそうではないのに、新しく一緒に住むことになった猫に引っかかれたり噛まれたりすると、悲しかった。新しい猫たちの性格を把握できないまま、なでたり抱っこしようとした私に猫たちは厳しい審判を下し、手を噛まれて血がいっぱい出たこともある。そんな時は何というか、再婚家庭で子どもたちが「お母さんじゃない。おばさんよ！」と心を開いてくれない時の、あの「おばさん」になったような気がして寂しかった。

私たち大家族が一緒に暮らすようになって二年が過ぎた。私はもう噛まれないし、猫同士のけんかも最初の頃に比べると少なくなった。「私の猫」と「あなたの猫」がみんな、「私たちの猫」になった。今年は、家族のうちの何人（匹）かが病院のお世話になった。同居人と私が続けて手術を受け、同居人は足首をけがして十一針縫った。十三歳の最年長の猫ハクは、歯の手術で入院してもうすっかりよくなったけれど、最近、二番目の猫で家族の中で唯一のオスであるゴロが手術を受けた。

ハクに比べてゴロの病状はより深刻だった。前に結石の手術を受けたことのあるゴロが、最近になってまたあまりおしっこが出なくなったみたいで様子を見ていたのだけれど、ある日曜日に血尿が出た。びっくりした私たちはすぐに二十四時間診療の動物病院に連れていくことにし、ふたりで力を合わせて体の大きいゴロをキャリーに入れた。私が運転をし、同居人がずっしり重いキャリーを抱いて助手席に座った。驚いたゴロが粗相をし、臭いが鼻をついた。梅雨期で雨が容赦なく降り注ぐ中、病院に到着し、診察を受けた。心配でたまらなかった。ゴロは膀胱と尿路に結石がいくつもできていて、一歩間違えれば尿路閉塞になる危険があった。

入院した翌日に手術を受けた。ゴロが回復する間、同居人と私は毎日面会に行ったが、箱型の入院室の中にいるゴロの姿にとても心が痛んだ。体の大きいゴロが看護師と医師に爪と歯を立てて飛びかかろうとしたせいで、四本の脚は包帯でしっかり巻かれていた。首には大きなネックカラーを着けていて、首の後ろのかゆい所をかこうとしても、包帯で巻かれた後ろ足がネックカラーを弱々しくたたくだけだった。点滴のチューブと尿のチューブをぶら下げたまま力なくうつ伏せになっているゴロの姿を見ていると、涙が出た。

退院して回復に向かっているように見えたゴロは、一週間後に突然容体が悪化し、急いで病院に連れていった。落ち着かない毎日だった。幸い、二度目の処置の後に症状が好転し、今は家で少しずつ回復しているところだ。この一連のことを共にしながら、私と同居人は互いの存在をよりありがたく思うようになった。いつか猫たちが虹の橋を渡っても〔二〇二〇年六月にゴロは死去した〕、ひとりで耐えるよりふたりで悲しみを分かち合う方がいいだろうと思う。

「枝の多い木に風が静まる日はない〔子どもの多い人は心配が絶えない〕」という昔の言葉のように、大家族になると、うれしいことも悲しいことも増える。「悲しみは分け合うと半分になり、喜びは分け合うと二倍になる」という言葉もその通りだ。大家族になるといろんなことが起こるもので、私たちはそれを分かち合えると信じられるようになった。そこから来る安心感こそ家族の最もすてきなところではないだろうか。家族の形がどうであれ。私たちは互いに頼り合い、そしてときどき、二倍喜びながら人生の波を越えていくのだろう。

SUNWOO
ソヌ

母から譲り受けたもの

映画の最初のシーンは普通、人物の外見や行動によってキャラクターを表現することに時間が割かれる。私の一生を伝記映画にするなら、導入部分は高校時代が適切だと思う。息を弾ませて通学バスに飛び乗った元気な女子高生は、短い登校時間の間にもうとうとし、バスを降りる。カメラは、校門に向かって慌ただしく歩いていく彼女の背中の重たそうなスクールバッグを映し、続いてスクールバッグより大きい補助かばんをクローズアップする。昼用と夜用の保温式弁当箱が二つ、コーヒーやお茶が入った保温水筒、そして、おやつ用の果物まで入ったお弁当かばん。そう、私は全校でいちばん大きなお弁当かばんを持って通う生徒だった。いつもおなかを空かせていて、たくさん食べて、その食欲が消えないよう絶えず燃料を補給する母がいたからだ。まだ給食のなかった世代で、夜の自主学習までしていた私のために母は二食分を用意しなければならず、そのために少なくとも一、二時間は早く起きていたに違いない。

家族と一緒に住んでいた頃は、台所から聞こえてくる音で目が覚めた。何かを切ったり、煮たり、油を引いて焼いたりする生活の音はとても具体的で、現実感にあふれていて、夢から覚める前の朦朧とした意識に違和感を与えた。まだ感覚器官がはっきり目覚めていないのに、鼻先から料理のにおいがいちばん最初に入ってくるのは、その時は不快だった。目を覚ますと同時に食卓に朝ご飯が用意されているなんて、今だったら幸福感に満ちあふれてぱっと起き上がるだろうけれど、家族のもとを離れてひとりで暮らすということはつまり、誰も料理のにおいで私を起こしてくれない朝が何千回も続くということだった。

　八人きょうだいの長男、ファン・ジンギュ氏と結婚した私の母、ハン・オクチャ氏は、生涯誰かのために料理を作ってきた。お正月と秋夕、そして、一年に二回ある大きな祭祀《チェサ》〔先祖や神様を祭る法事のような儀式〕はいつも、大量の買い物をして料理をすることに始まり、家族ごとに肉からシッケ〔もち米と麦芽から作られる、日本の甘酒に似た発酵飲料〕までぎっしり詰まった保冷箱をお土産に持たせて見送ることで終わる。「どうして私が漬けるとお義姉さんのキムチみたいな味にならないのかしら」「義姉さんの作る干し葉のスープは、うちの母さんが作ってくれたのよりおいしいですよ」。私にはこうした褒め言葉がずっと、人をうまく操るためのあからさまなお世辞に聞こえていた。父が亡くなってから十年が過ぎても、祭祀や誕生日などの料理をひとりで準備する母を見ていると、腹が立つこともあった。

「母の味」という呼び名で家庭料理を神聖化すればするほど、母という存在は疲れることになる。料理上手な母たちはやることが増え、料理の下手な母たちは罪悪感にさいなまれるのだから。料理は誰が作ったっていいんだし、準備も分担して、できるだけ外食しながら家事を減らせばいい。もちろん、私は母の料理の恩恵を最も多く受けていて、それを拒否せず享受しているという点においても矛盾してはいるけれど。今でも釜山の実家に帰ると、ワタリガニ鍋、カルビの焼き肉、タコ炒めと、私の好きな料理が毎食組み込まれていて胃の休まる暇もないが、私はそれを母の「完全なる飼育」と呼んでいる。

これといった会話のない慶尚道の母娘の間で交わされる一週間に一度の電話は、主に三つの質問と答えに要約される。「ご飯は食べた?」「最近、何を食べてるの?」「何か食べるものを送ろうか」。そうやって用件だけ簡単にやりとりしていた母との電話が、最近少し長くなった。何か送ろうかと言うと、送らなくていいと遠慮していた私が変化したからで、お母さんが送ってくれるレンコンの漬け物をハナがおいしそうに食べてるよ、チョンガク〔小ぶりの大根〕キムチがあるといいなと、要求しはじめたからだ。

ひとりの食卓は効率と便利さが優先される。ゆで卵一つか二つにリンゴやサツマイモみたいなもので済ませたりもするし、レトルトのご飯とカレーで済ませることもある。でも、不思議なことに人間は、自分のためよりもほかの誰かのためにまめになれるものだ。誰かと一緒に食べる料理となるとどこから力が湧いてくるのか、スープを作ったり、作り置きだけでなく温かいおかずをもう一品作ったりする。

ふたりで暮らすようになって、家でご飯を食べることが断然増えた。同居人が洗い物担当なので、食後の片づけが楽になった。締め切りで忙しい夜も、翌朝のためにスープを作ったりすることでかえって気分がよくなる。それは、創意的で楽しい遊びでもあり、私の生活を自分の手できちんとしたものにしているという安定感を与えてくれる。母が送ってくれる食べ物は、その安定感の骨組みとなっている。

いつの頃からか私は出勤すると、家にひとり残った同居人はご飯を食べたのか、ひとりでおなかを空かせてはいないか、ラーメンで適当に済ませていないかと、やたら気にするようになった。そして、少しずつわかるようになった。母にとって料理というのは、単なる家族のための犠牲ではない。相手への愛情と関心を表現する方法であり、自身の能力を発揮する楽しみであり、台所を切り盛りする高度の経営行為であり、不愛想な子どもと対話する媒介でもある。料理を作って食べさせる相手が増えるほど、母の世界も広がる。そして今、その世界には私の同居人も含まれている。

いつの間にか私も同居人に対して、母と似たような質問三点セットを繰り返している。朝ご飯は何食べたの？　お昼は何を食べるつもり？　夕飯は何にしようか。飼育のＤＮＡは私にも遺伝していた。

いつだったか、原因も思い出せない理由で母とけんかし、お弁当を一つも食べずにそっくりそのまま家に持って帰ったことがあった。その時、母はどんな気持ちだっただろうか。一生懸命準備して、冷めないように保温弁当箱に入れて持たせたのに、これ見よがしに手もつけずに持って帰ってきて捨てさせるなんて。その日のことを思い出すと、愚かで未熟だった自分が恥ずかしい。クールな母は「食べなきゃ自分が損するだけだ」と思っていたかもしれないけれど。料理に対する母のプライドはそれぐらい高いのだ。

HANA
ハナ

上手にご馳走になる方法

四柱推命を勉強していた友人によると、私には食運があるそうだ。それを否定できないほど、私の周りには本当に料理人が多い。職業が料理人でなくても、料理をして人に食べさせるのが趣味であり幸せだという聖者みたいな友人たちのことだ。しかも、職業が料理人の友人も何人かいる。ありがたいことに、私は友人たちの間で「何を食べさせても気持ちよく食べる人」に選ばれたことがある。何年もご飯を食べに通っているファン・ヨンジュの家に行くと、彼女のお母さんに、「ワタリガニを蒸したら、キム・ハナがにおいをかぎつけてやって来た」みたいなこともよく言われた。

本当に私は料理というものがほとんどできないけれど、どうしてこんなに食運が強いのか。みなさんに特別に、「上手にご馳走になる方法」を教えて差し上げたいと思う。たった一つ、これさえ覚えておけばいい。

「何が何でもおいしそうに食べること」

おいしくなくてもぐっと我慢して食べろ、という意味ではない。誰かが料理を作ってくれる気持ちを考えれば、おのずとおいしく食べることになる。多くの人が錯覚しているが、ご飯をご馳走になる人は、おいしいかおいしくないかを評価する人ではない。批評する資格があるのは、お金を払って食べる時だけだ。その時だけは、料理に対して値段が適正かどうかを語る資格が生じる。料理を作ってくれるのは、純粋な好意にもとづく高貴な行為であり、とても面倒なことだ。誰かが私のために時間と手間をかけて材料をそろえ、下ごしらえし、さまざまな方法で火を通し、食器に盛り付け、出してくれる。その料理は、私の体の中に入り、血や肉となり、私を生かしてくれる。世の中にこれほどありがたいことがあるだろうか。ありがたいと思いながら食べる料理はおいしい。単純な真理だ。もう一つ、単純な真理がある。ご馳走になったらお礼を言い、洗い物と後片づけをすることだ。これもまた、ありがたい気持ちがあれば、自然にやりたくなるものだ。

ファン・ソヌはというと、ツイッターを通して見ていた姿は料理をするタイプではなかった。食べることがとても好きだけど、そもそも家の外で遊ぶのが好きで、個人主義的な性向が強いので、料理をして誰かと一緒に分け合って食べる姿はうまく想像できなかった。ところが、どうしたことか。家に遊びに行くたびに、おいしいものをささっと作ってくれるではないか！　ワタリガニやタコなど、初心者には扱いにくい材料もはばかることなく、家にある材料を使って創意に富んだおいしいパスタやピビンククス（小麦粉やそば粉で作った細麺をコチュジャンベースのソースであえた汁なし冷麺）を手際よく作って出してくれるかと思うと、各種チゲやスープ、ナムルといった家庭料理もすばらしくおいしい。チャレンジ精神も徹底していて、作ったことのない料理にも果敢に挑戦し、大抵は成功している。

冬にチョル君ナッピョルを招待してシチューを作ったのだが、ファン・ソヌがギネスビールを入れるとおいしいという話をどこかで聞いてきて、がばがば入れすぎたせいで苦くなったことがあった。作り直すわけにもいかず、今回はファン・ソヌが失敗したなと思っていたが、ほかのおつまみをたくさん作り、みんながお酒をどんどん飲む間にひとりでキッチンとダイニングを行ったり来たりしてシチューをさらにしばらく煮込み、みんながほろ酔い加減になった頃に「さあ、どうぞ」と食卓に出した。酔って味覚が鈍くなった私たちは、シチューをきれいに平らげた。ファン・ソヌは、何としてでも成功させるのだ！

後でわかったことだが、同居人は気前がよく、料理して食べさせるのを遊びみたいに楽しむタイプで、私は大当たりを引いたわけだ。お客さんを招いたり、パーティーをすると、わが家のキッチンは焦土化する。同居人は注意深く料理する人ではないので、キッチンの真ん中に爆弾が落ちたみたいな状態になってしまうのだが、そんな時に投入されるのが片づけ好きの私だ。「ご馳走になったら洗い物をしなければならない」という考えもあるけれど、私は、後片づけや洗い物が好きだ。特に、めちゃくちゃに散らかったキッチンを、まるで引っ越してきたばかりの家のようにきれいに元どおりにすることに大きな快感を覚えるという、ちょっと変なところがある。

山のような洗い物をし、食器を片づけ、油や調味料が飛びはねたタイルとシンクを磨く。そして、排水口を殺菌消毒し、ふきんを取り換え、包丁を研いでおく。次にわが家の料理長が気持ちよくキッチンに立っておいしい料理を作れるように。食運があるからといって安心するのではなく、これからもご馳走になるためには、これぐらいはやらなければならないのだ。

HANA
ハナ

クリスマスプレゼントの交換

一緒に迎えた初めてのクリスマスに、私は同居人に小さなプレゼントを贈り、特技の寄付（？）もした。いつもダイナミックに氾濫している同居人のTシャツを〝近藤麻理恵式〟に整理してあげたのだ。近藤麻理恵は『人生がときめく片づけの魔法』を書いた日本の片づけコンサルタントで、アメリカで〝コンマリ〟という新造語ができるほど片づけシンドロームを巻き起こした人だ。互いに親しくなった頃、ファン・ソヌが私に「どうやったら片づけ上手になれるのかわからない」と悩みを打ち明けたことがあるが、私が信奉するこの本の話をすると、「あ、その本、私も持ってる！」と言ったすぐ後に困り果てた声で付け足した。「でも、どこにあるのか、一向に見つからなくて……」

同居人はあらゆる物をたくさん持っているけれど、中でも服がいちばん多い。常に新しい服を着て出かけるのが好きで、しかも古い服を捨てられない。私は、上水洞の家の片側の壁を埋め尽くしていたハンガーラックが崩れる光景を目撃したことがある。同居人はしょっちゅうあることではないと言い、私がその現場にいたので走り寄って腕で支えたけれど、ぎっしり掛けられた服の重さは相当なものだった。服は土砂崩れのようになだれ落ち、あっという間に大惨事になった。

ハンガーラックは金具が壊れて使えなくなったので、新しいものをスーパーで買ってきて組み立て、服をまたぎっしり掛けるという面倒な過程を経た。同居人に比べて服の数が絶対的に少なく、実際、同じ服を何度も着るのが好きな私は、同居人に起こる自然災害——服の土砂崩れやTシャツの氾濫など——が不思議でならなかったが、面白いのは、ファッション雑誌の同僚たちの反応だった。「ハンガーラックなんて、誰でも一度や二度は崩れるもんじゃないの?」

近藤麻理恵式のTシャツ整理法は、Tシャツを畳んで縦にきちんと立てて並べる。引き出しの手前から奥までぎっしり詰めれば倒れることもないし、ひと目で自分が持っているTシャツを見渡せる。ところが、同居人のTシャツの引き出しは今にもあふれかえりそうで、下の段の私の引き出しにたくさん移さなければならなかった。もちろん、同居人のTシャツがあるのはそこだけではない。巨大な「ストライプのTシャツ」の引き出しと「ランニング用Tシャツ」の引き出しがある。それに比べて私のTシャツは、全部合わせても引き出し一段分にもならない。それでも、同居人のTシャツが増えると、私の数少ないTシャツの中から着ていないものを捨てて空間を作ってあげなければならない。

引き出しの整理を終えると、整然ときれいに並んでいるのを見た同居人も喜んだ。私にとって、Tシャツの引き出しを整理するのはそれほど煩わしいことではない。時間がかかるだけで、Tシャツを畳む間に心も落ち着くし、終われば同居人に褒められてうれしくもなる。

一緒に暮らすと、こうした交換価値が生まれる。ひとりで暮らしていた時はやるのが嫌でもやらなくてはならないことが多く、やらなければならないのにできないことも多い。ふたりで暮らせば、思った以上に多くの部分が相殺される。それぞれ得意だったり簡単にできる部分が少しずつ（私たちの場合は極端に）違うからだ。私が故障した電気スタンドを直したり、扇風機を分解して掃除するのを見ると同居人は、そんなことが可能なのかと腰を抜かすほど驚く。

私にとっては同居人の料理がそうだ。締め切りを控えている時、同居人は夜十二時を過ぎて帰宅し、翌日のお昼ごろに出勤するのだが、出勤前に二種類ものチゲやスープをたっぷり作って出かけたりする。締め切りで忙しい間、私がひとりで食事する時にそれを温めて食べられるようにという配慮だ。そうでなくても忙しいだろうにと必死で引き留める私に同居人は、大したことじゃないと繰り返す。「料理は私にとってストレス解消だし、遊びだからね」

気前がよすぎてふたり分を作るつもりが六人分作ってしまう同居人はこれまで、自分ひとりで食べる料理を作るのはつまらないし、残ると処分に困っていたが、作ると毎回驚きながら喜んで食べてくれる相手ができたので楽しいみたいだ。私が同居人の自然災害に驚いたように、同居人は、食材がほとんど入っていない空っぽの冷蔵庫を不思議に思っただろう。ひとりできちんとした生活を送ることはもちろん望ましいことだし、尊敬に値する。でも、やっぱり、人にしてあげる喜びを享受する生き方の方がもっと面白いし、前向きだと思う。

SUNWOO
ソヌ

新年初日

新年初日のお昼に、二週間ほど前に二階下に引っ越してきたイ・アリ、キム・ハンソン夫婦をわが家に招待した。「トックク〔韓国式のお雑煮〕をふたり分作るのも四人分作るのも大して変わらないから」というのが、前日の私の気前のいい招待メッセージの内容だった。でも、気前のよさがしぼむのにそんなに時間はかからなかった。寝坊して正午近くになってから慌てて起きだしたうえに、冷蔵庫をいくら探しても餅はぎりぎりふたり分くらいしかなかったからだ。じゃじゃーんとかっこよく食事を用意してもてなしたかったのに、足りない材料を持ってこさせるだけでは飽き足りず、料理を準備する間、そばで待たせることになってしまった。仕方ない、彼らの隣人は太っ腹で招待するのが好きな代わりに手抜かりの多い人なのだから。彼らも早く慣れておいた方がいいだろう。

助手の同居人に、錦糸卵を作り、のりを切る重大ミッションを任せた後、私はだしを取り、にんにくをみじん切りにした。ゴマ油で脂身の少ない牛肉を炒め、薄口醤油とみじん切りのにんにくで味付けをし、だし汁を足して煮立たせ、あくを取り除く。それで味付けはOKなのだけれど、牛肉がメイン材料になるスープを煮る時の私だけの秘訣がある。最後にカタクチイワシの魚醤で味を調えるのだ。あ、でもそれよりも大事なポイントは、肉は多ければ多いほどいいということだ。

下の階の夫婦は約束の時間に、オレンジ色のリボンを巻いた加平《カピョン》〔京畿道にある郡〕の松の実マッコリを二本と皮をむいたフルーツ、私がお願いしたトック用の餅を手に現れた。お客さんを招待しておいて、料理の準備が間に合わず待たせることになった時は、猫が四匹もいるということにずいぶん助けられる。中でも活発で、あまり人見知りしない子たちが部屋をうろうろしながら接客してくれるのは、本当にありがたい。

持ってきてもらった餅を投入したら、あとは数分煮るだけだ。家にある大きめの器をすべて取り出し、盛り付けて薬味を載せると仕上げの作業はすぐに終わった。量の調整に失敗し、五人分ぐらいになったトックはおいしかった（と言ってくれた）。

私たちは、白いトックくと白いマッコリで新年を祝い、年末に食べたものと、お互いの仕事などについて話した。前日の夜に食べて少し残った、ゆでたサザエを出したのだが、キム・ハンソンはそれが近所のスーパーで六千九百ウォンで売っていたものだと言い当てた。自分も昨日、買おうかどうしようかと何度も迷ったあげく、買わなかったと言いながら。両家の生活範囲と好みがサザエで交わった。コーヒー豆を前日に切らしていたので下の階から持ってきてもらい、コーヒーを入れて飲んだ。彼らは二時間ほど滞在して帰っていった。

実は、キム・ハナと私は前日、十二月三十一日の夜に軽くけんかしていた。カウントダウンをして新年を迎えた時、少しは神聖な雰囲気で過ぎた一年を振り返りながら話をしたかった同居人と、集中力が途切れ、空返事をしながらじっとスマホを見ていた私が衝突したのだ。

言い訳するならば、こうだ。買い物をしてサラダを準備し、夕飯を食べはじめるとすでに九時近くになっていた。ちょうどいい加減に肉を焼き、焦げる前にせっせと食べるのが私の役割だったので、十二時近くになると飽満感と油のにおいに加えて疲労が襲ってきた。いくつものグループトークで新年のあいさつが相次ぎ、会社の九〇年代生まれの子たちは、年の離れた部長とカウントダウンの喜びを分かち合おうと、十二時ぐらいになると次々と新年のあいさつを送ってきた。

そして、否定しがたいのは、多くの現代人と同様に、私がSNS中毒だということだ。「十二時前後の三十分ぐらい、少しは神聖な気持ちで過ごせないの?」。そう言う同居人が何を期待しているのかわかっていたけれど、肉の油まみれの鉄板とメッセージが止まらないスマホを前にその期待に応えるのは容易ではなかった。生活感のあふれた空間で、ぐだぐだした時間の流れをふっと断ち切るには念入りな演出が必要だ。今、振り返れば、少なくとも八時には食事を始めて十一時に終え、テーブルの肉の油を拭いてから換気をし、ろうそくを立てて部屋を薄暗くするぐらいのことをしておけばよかったと思う。

お客さんが帰って同居人と私だけになると、自然と日常生活が始まった。食器を洗い、洗濯機を回し、猫のトイレを掃除し、掃除機をかける毎日の日課。そこに新年初日の特別なことがいくつか加わった。二年余り使って古くなったタオルを全部、前日洗って乾かしておいた新しいものに取り換え、歯ブラシ、石けん、シャワーボール、スポンジ、スリッパなども新しく交換した。生活のとても小さな部分、高くはない生活用品を一度に新しくすることは、体に触れる感覚を心地よくし、一年を新しく始めるぞという気分を高めてくれる。

そして、新年初日の夕日がそろそろ沈みはじめる頃、私たちはラジオをつけた。同居人がMBCラジオの「ちょっと待って」キャンペーンに一週間出演することになり、録音を済ませていたからだ。同居人の三冊目の著書である『力を抜く技術』の序文から抜粋した内容で、新年にあまり大きな目標を立てるよりも、「何がしたいのか」という質問を自分に投げかけ、本当に自分にとって大事なことに集中しようという立派な話だった。家ではパジャマ姿で一緒に過ごし、つまらない冗談を言い合う同居人だけれど、こうして公的な場所で言葉と文章を通して接すると、本当にかっこいいなと認めざるを得ない。

午後の半日を人と会い、家事をしながら過ごすうちに気分がだいぶよくなった。暗がりの中でろうそくの火をともし、一年の喜びを今一度かみしめて悲しみを追い払う儀式的な行為が与えてくれる神聖さもあるけれど、タオルを畳み、猫の爪を切り、日常生活を整えることが人を強く支えてくれる、そんな神聖さも人生には作用する。

三食を自分で作って食べると、驚くほどあっという間に次の食事の時間がやってくる。使い古したタオルや歯ブラシ、汚れたスリッパみたいなものを処分した私たちは、夕食ぐらいは家事労働から解放されようと、新年初日も営業している近所の食堂に向かった。外は冷たい冬の夜の空気に包まれ、辺りは静まり返っていた。マンションの出入り口を出て角を曲がると、正面から目に飛び込んできたのは明るくて大きい、真ん丸の月だった。磁石に引っ張られるように、自然に両手を合わせて願い事をした。新年初日だから。これから一年の間にまた失敗を繰り返し、擦り傷をたくさん負うだろう。でも今日は、あの月のように穏やかで希望にあふれた三百六十五日をプレゼントされたような一月一日だ。切実に守りたいもの、かっこよくやり遂げたいことがいくつも思い浮かぶ一月一日なのだ。

その日の神聖な時間は私たちふたりのもとに、それぞれ違うタイミングで訪れたようだ。そして私は決心した。今度の十二月三十一日は家の中で肉を焼いて食べないで、必ず外食をしようと。

HANA
ハナ

幸せは、バターだ！

少し前、部屋に新しい家具を二台置こうとした日のことだった。壁にねじを打ち込んで設置する棚だった。工事の人がふたり来てコンクリート用ドリルで壁に穴を空けると、ものすごい騒音が家中に響きわたった。ほこりもすごかった。早く二台目も終えて掃除したいなと思っていると、工事の人が突然、二台目の棚は設置できないと言いだした。壁にヒューズボックスがあって中に電線が通っているかもしれないので、穴を開けると自分が感電して死ぬ可能性があるというのだ。そう言われると、無理やりやってくれとは言えない。でも、商品を売る時に壁にヒューズボックスはあるかと前もって聞き、場合によっては設置できないこともあると言ってくれたらよかったのではないか。工事の人は、返品にかかる費用は購買者の負担だと言い残して帰ってしまった。

騒音とほこりをもう少し我慢すれば、家具の設置が終わって掃除できると思っていたのに、私たちは急に茫然自失した。場所を移動させた既存の家具と家具から取り出した物、そして、新しく設置しようとしてできなかった組み立て前の家具があちこちに散らばり、部屋がぐちゃぐちゃだった。掃除ができる状況ではないうえに、苦労の末に選んだ家具を返品してまた家具を見に行かなければならないと思うと、そのストレスは尋常ではなかった。同居人と私は脱力状態になった。疲れて心が乱れ、ふたりで黙々とサツマイモにバターを載せて食べていると、バターが大好きな同居人が突然叫んだ。

「幸せは、バターだ！」

あまりにも唐突で、同居人が本当に幸せそうに笑っていたので、私も大笑いしてしまった。参考までにこの人は、「私はバターを塗り広げない！」という名言を発したことがある。バターというのは昔から塊のまま載せて食べるものであって、けち臭く塗り広げるものではないという意味だ。ストレス状態にあった私は「幸せは、バターだ！」を聞いて、一瞬のうちに気分がよくなり、やっぱり同居人は、単純で健康で明るい人がいちばんだと思った。そして、同居人の同居人は私だから、まず私が単純で健康で明るい人にならなければと心に誓った。そして、バターのように確実に、自分を幸せにしてくれるものは何なのか、ふだんから知っておくのもいいと思った。

済州島《チェジュド》に「マンチュン書店」という魅力的な書店があるのだけれど、そこのイ・ヨンジュ社長が、いつかこんなことを言っていた。家からだいぶ遠い所にあるとてもおいしい食堂でヘジャンクク〔酔い覚ましの辛いスープ〕を食べるたびに「ああ、次にこれを食べられるのはいつだろう」と思っていたけれど、ある日、ヘジャンククは持ち帰りできることがわかった。それを買ってきて冷蔵庫に入れた後、こう気づいたと。

「幸せは、保障された未来だ」

未来においしいヘジャンククが保障されている今日と、そうでない今日は明らかに違う。近所に同居人と私が好きな寿司屋があって、ランチならそれほど高くないのでよく行くのだが、ある日の夜、私がおごることにした。私の口座に大金が入ってくる予定だったからだ。前の日に予約しておいたので、その時からずっとふたりは気分がよかった。朝もぱっと目が覚めた。寿司が「保障された未来」だったからだ。すでにそのおいしさを知っているお気に入りの店に早くから予約を入れておくことは、それだけ幸せな時間を楽しめるということでもある。

ところが、寿司屋に出かける前に口座を確認してがっかりした。期待の半分にもならない金額しか入っていなかったのだ。すっかり失望し、契約内容をきちんと覚えていなかった自分が情けなかったが、それでも構わなかった。私たちには寿司という保障された未来があったからだ。寿司は本当においしくて、期待の半分にもならないお金を手に入れた私が気持ちよくおごった。がっかりすることが起こるとわかっていたかのように寿司屋を予約していたなんて、本当に我ながら感心する。その予約自体が、大金が入ってくるのを想定したうえでのことだったということは、もうどうでもよくなっていた。

寿司屋を出てお気に入りのカフェ「ミカヤ」に行き、デザートにコーヒーを飲みながら、レアチーズケーキを食べた。私たちの好きな、まさにあの味だった。幸せとは何だろうか。それはバターかもしれないし、持ち帰りのヘジャンククかもしれないし、予約しておいた寿司屋やいつも変わらずおいしいデザートかもしれない。しかし、どうしてこう食べ物ばかりなんだろう。考えてみたら、私たちにとっては食べることが幸せの大事な要素みたいだ。

みなさんも自らを幸せにするものは何なのか、一度よく考えてみてはどうだろう。そして、それを発見したら、「幸せは、○○だ！」と叫んでみてほしい。それを知っておけば、つらいことがあっても、思ったより早く立ち直れるだろう。たとえお金が半分ほどしか入ってこなかったとしても。ううっ、思い出すと胸が痛むから、サツマイモにバターでも載せて食べようっと。

SUNWOO
ソヌ

五百ウォンコンサルティング

四十代になってまで進路に悩むことになるとは思わなかった。しかも、二十代の時より激しく悩むとは。一九九〇年代半ばに大学に入った私は、今ほど競争率が高くない時期に、それほど苦労することなく就職できた。アジア通貨危機の直後だったので採用の門がぐっと狭まりはしたけれど、当時はまだ大きな雑誌社には公開採用制度（大卒者を対象に年二回、大規模採用をする制度）が存在した。一般常識や作文などいくつかの試験を受け、面接を経てインターン記者として合格した。

最近の雑誌業界の後輩たちは、アシスタントやアルバイトとして働きながらすぐに実務に接し、外国語やＳＮＳを駆使する能力も要求される。しかも、いったん会社の構成員として受け入れられて安全な垣根の中でゆっくり学び、失敗しながら成長するといった時間は与えられず、とりあえず実務に飛び込んで自らの実力を証明する時間をじっと耐え抜かなければ、堅固な壁の内側には入れないケースがほとんどだ。毎日が試験であり、始終評価される、そんな殺伎とした環境の中で仮に私が働く機会を得たとして、キャリアを積んでいくことができただろうかと考えると、まったく自信がない。海外語学研修や公募展への応募、何かの資格といったような履歴書に書けるものは特になく、自己紹介書に書くほどのきちんとした経験もない。生まじめだった当時の私が最近の就活生だったら、そもそも雑誌のエディターという職業を考えることすら難しかったかもしれない。適性によく合う仕事を見つけて二十年近く楽しく仕事することができたのは、世代的にも個人的にも間違いなく運がよかったからだ。

「将来、人生百年時代には、ひとりの人間が二回ぐらい結婚し、職業も三つぐらい経験するのが一般的になるかもしれない」。『W Korea』で一緒に働いていたイ・ヘジュ編集長がそう言ったことがあった。ほかの人の事情はよく知らないが、私の場合は四十歳を超えて次第に悩みはじめた。結婚は一度もしていないけれど、二つ目の職業を選択する時だという直感が私を刺激した。

新しい世界に対する好奇心が旺盛で、人に会って話を聞くのが好きで、それを文章にまとめることが楽しい私にとって、ファッション雑誌の特集エディターはかなり適性のある仕事だった。仕事ができると認められ、毎月成果物を作り出す達成感も大きかった。でも、物理的に必要とされる高レベルの努力と精神的緊張を、いつまで続けられるだろうという疑問が湧いてきた。

月刊誌を作る時は普通、一か月に十日程度は締め切りに追われ、一回以上は必ず週末に出勤し、連日残業したあげくに一日か二日は徹夜する。ぼんやりと夜が明け、世の中が新しい一日を迎える時間になってようやく帰宅し、ベッドに体を横たえると、人生がどこかにぎゅうぎゅう縛り付けられているような息苦しさを覚える。でも、翌月の企画会議を終えた後に平日の休暇をだらーんと過ごしているうちに、過ぎ去ったつらさはすべて忘れ、また自ら、新しい月の奴隷になった。

雑誌を作る生活はまるで、激しくけんかしても甘くて優しい恋人みたいだった。心が凍ったり、解けたり、泣いたり、笑ったりしながら忙しくひと月を過ごしているうちに、一年、また一年と過ぎていった。そうやってもう若いとは言えない年齢になった私は、体になじんでいるのとは違うリズムで生きてみたくなった。愛しているけれど別れるのだということを、人ではなく仕事に対して強く実感した。

転職に当たって心配なことが二つあった。夜遅くまで仕事する代わりに朝の出勤時間には比較的ルーズだった雑誌社に慣れていた私に、厳格な定時の出勤時間を守ることができるだろうかという恐れ、そして、ワードとテキストしか使えないのに、もしエクセルを使わなければならなかったらどうしようという不安だった。二か月経って、その二つは特に問題ではなかったことがわかった。私は意外に、朝少し余裕を持って出勤し、一日の仕事を早く始めるのが好きな人間で、社長はエクセル表を見るのが私よりも嫌いな人だった。四十歳を超えてもこうして自分に対する新たな発見があり、他人に対する先入観は無駄な時がある。

新しい会社と新しい仕事は、確実に生活に新しいリズムをもたらしたが、私がたちまちそれに慣れるのは不可能だった。出勤時間とエクセル以外にも、新しい業務と規則、技術と組織文化に慣れるのに体も心もよろよろになり、苦しんだ。お正月や秋夕を嫁ぎ先で過ごしてきた友人が、「大人になって他人の家の養女になった気分よ」と言っていたことがあるが、転職するとまさにそんな感じだった。故郷を離れて外国語を使いながら、知らない人たちの中で存在を証明しようともがいている異邦人みたいな気分が何か月か続いた。

でも、とても幸いなことに、そんな時間を過ごして帰ると、私の一日に耳を傾けてくれる人がいた。しかも、私と同じぐらい長く社会生活を経験し、世の中に対して信頼できる洞察力を持った人の助言を聞けるのは、ものすごく貴重なことだ。同居人は最近、ラジオ番組「星が輝く夜に」の火曜日のレギュラーゲストとして悩み相談コーナーを担当しているが、深夜放送に出勤する前に、どんな相談が来ているのか前もって聞いて私も一緒に考え、意見を言うこともたまにある。そうしてふたりで頭をひねって出てきた解決策は、ひとりで考えるよりもはるかにいい。

「他人の祭祀の膳に柿を置けだの梨を置けだの言う〔他人のことにあからさまに干渉する〕」という言葉が成立するのは、当然ながらそれが自分のことではないからだ。距離を置くから見えるものがあるし、熱すぎる物は飲み込めないのだ。他人の恋愛には急ぐなとか未練を捨てろとか立派な忠告ができる人たちがみんな愛の達人かと言うと、決してそうではない。だから私たちは皆、コンサルタントが必要だ。好きな仕事だけれど辞め時について悩む時、面接を受けてきて新しい可能性を思い描く時、どきどきしながら大事なプレゼンを練習する時、わが家で一緒に暮らす私のコンサルタントは、一緒に模索し、明快な道を示してくれる。

興奮しやすい性格だから、時にはひとりで遠くまで走っていってしまうこともあるし、私も相当意地っ張りなので、彼女のアドバイスに従わないことも多い。だけど最も心強いのは、このコンサルタントがどんな時にも示してくれる私に対する信頼だ。私には十分能力があり、誠実で、全力を尽くして自らを発展させようとする人間だと。その信頼は、私の自尊心がしなびてしまった時ですら、寸分の隙もなく堅固で、前に進んでいける力を与えてくれる。逆に考えると、私もまた同居人に対してそんな信頼を抱いている。本を一緒に書くことにしたのも、すでに四冊も本を出しているキム・ハナが、私よりもずっと大きな役割を果たしてくれるだろうという信頼があったからだ。コンサルタントの相談料は、同居人価格で特別に一回五百ウォンにしてくれると言ったけれど、やっぱりどう考えても千ウォンぐらいは払うべきかなと思っている。

HANA
ハナ

私たちは別世界に住んでいる

私：これ、何の音？
同居人：何か音がしてる？
私：ジジジって聞こえない？　かなり大きい音だけど。
同居人：そう？　私にはまったく聞こえないけど。

音の発生源は、周波数がちゃんと合わないまま電源が入っていたラジオだった。電源を切った後でファン・ソヌが言うには、健康診断の時に私は聴力が百で、自分は八十だったらしい。私はその時、気がついた。人は皆、世の中を客観的に知覚すると仮定して、その時に抱く感情は主観的で違うものであっても感覚自体は同じだと思うだろうけれど、実際は違う。世の中自体が人によって違うのだ。

私は、視力がとてもいい方だ。ファン・ソヌは、マイナス五・五ジオプトリーで、眼鏡をかけなければ、一メートル離れた私の顔がぼやけて見える。コンタクトレンズをはめても、視力は私より低い。私はいつも、鏡にはねた水滴の跡やテーブルの上のしみみたいなものを見ると、「どうしてこれを見て拭かないんだろう」と思っていたけれど、それは間違っていた。見えないのだった。私の目にそれは、あまりにもはっきりと見えるにもかかわらずだ。

そういえば、こんなエピソードを思い出した。去年〔二〇一八年〕の二月末、友人たちと統営《トンヨン》に遊びに行った時のことだ。まだ風が冷たい季節だったけれど、南海岸に面する統営はソウルよりずっと暖かかった。みんなで歩いている時、私がふと叫んだ。「わー、花のにおいがする！」と。友人たちは「花のにおいがする？」と言いながらあちこち見回していたが、花はどこにも見当たらなかった。「私の勘違いかな？」と思ってふと見上げると、頭の上のずっと高い所に小さな梅の木が一本、まぶしいくらい白いつぼみをつけていた。その小さな木から漂うかぐわしい花の香りが道行く私を呼び止めたのだ。友人たちはすごい嗅覚だねと言って驚いていた。

味に関しても同じだ。私は食べ物の文句を言うのがとても嫌いで、実際、味と香りについてはよくわからないと思っていたけれど、ひと口食べて何気なく「イチジクみたいな味がするね」とぽつりと言うと、作ってくれた人が「ほんの少し入れただけなのに！」とものすごくびっくりしたりする。

総合すると私は、驚くほど目、鼻、口、耳が敏感な人だということだ！　寝ている時に猫がドアを引っかくとびくっとして目が覚めるので、必ず耳栓をして寝ている。あらゆるアンテナが発達していて、相手は認知もできないことにすべて反応する。「音をちょっと下げてくれる？」「なんで変なにおいがするんだろう？」「天井についているあのしみは何？」。そんなことばかり言う人と一緒に暮らしていると考えてみよう。ううっ。日本の小説家、渡辺淳一は『鈍感力』（集英社文庫、二〇〇七）という本を書いている。鈍感力というのは、あらゆる状況に対してあまり敏感にならず、やり過ごすことのできる能力を意味する言葉だ。私の考えでは、一緒に暮らすのは鈍感力が強い人がいいと思う。私も鈍感力を育ててみたいけれど、なかなかうまくいかない。

ジジジというラジオがきっかけで気づくまで、私は四十歳を超えても自分は敏感な人だとは知らなかった。ある日、テーブルに積まれた本の山の中に『敏感という武器』という本があった。同居人が、生まれて初めてそばで暮らすことになった敏感な人を理解しようと買った本だった。私はその本を強く共感しながら読み、私が進行役を務めるポッドキャストでも紹介した。

誰かと一緒に暮らすと、しょっちゅう相手との違いがくっきりと浮かび上がり、それによって自分についてより深く知ることになる。その違いを興味深く受け止め、私と相手をありのまま見守るよう努力することが大切みたいだ。自分について知ることでむしろ、同居人に対する理解の幅が広がった。私たちが世の中をまったく同様に知覚するのではないことを、そもそもあなたと私の世の中は違っていることを知ったことで。だから、水滴としみを落とすのが私の役目になってしまうのは、どうしようもないのだ。うむむ。

SUNWOO
ソヌ

家庭の平和をお金で買う

「洗濯物は一体いつ畳むつもり？　下着一枚、タオル一枚って、そうやって抜き取っては使って、物干し台はいつまで広げておくつもりなのかって聞いてるの」

女ふたりで暮らしながら、バランスの取れた家事分担によって保たれていたわが家の平和は、私の転職を機に乱れはじめた。夜遅く帰宅すると、かばんを放り投げてそのままソファに倒れ込み、スマホばかり見ていたかと思うと、ようやくシャワーを浴びるというパターンが何週か続いていた。ふだん、整理整頓と掃除への貢献が不足している分を料理で挽回していたが、新しい会社で一日三食を済ませながら残業していると、買い物をしてガスレンジに火をつける意欲が週末になっても湧いてこなかった。

ひとりなら、ダラダラ過ごして家の中がめちゃくちゃになったままでも、外ではそんな姿を見せずに済むけれど、規律の乱れた団体生活は構成員にとってストレスになっていた。何もしない私の態度に何とか耐えていたキム・ハナが、大声で叫び、爆発したのも無理はない。その爆発を目の前で目撃しながら、「家が広いんだから、物干し台ぐらい広げたままでもよくない？　乾いたものの中から一つずつ着て、洗濯して、また干せば、手間も省けていいと思うけど……」。心の中でそう思っていたことは内緒だが。

共稼ぎ家庭の平均家事労働時間について、女性政策研究院の資料を引用した記事を読んだことがある。男性は一日に十九分、女性はそれより二時間十四分長かった。十九分だなんて。ソファに寝ころんだまま粘着クリーナーを転がし、用意されたご飯を食べた後に食器を洗い桶に浸し、シャワーの時に脱いだものを洗濯カゴに入れる時間を合わせただけでも十九分になりそうだ。

社会人として同じように役割を果たしている共稼ぎ夫婦の間でも、内助の対象は男たちだ。帰宅すれば家がきれいに片づいていて、食事が用事されていて、翌日着ていくシャツにアイロンがかかっていて、トイレットペーパーが切れる前に補充されている生活がどこかにあったなら、その中に入って暮らしたい。だけど、一方でそんな生活に対する拒否感を覚えるのは、生活感覚のない大人には欠陥があると思うからだ。自分の暮らしを営むための労働は、ひとりの人間をまともな人間にしてくれる。

「お前の気持ちが楽になるなら、いくらでもお金を使えばいい」。お金で解決できる問題はそうしろと父がときどき言っていたけれど、今回も私はお金を使って外注することに解決策を求めた。家事サービスのアプリをダウンロードし、掃除を依頼した。日常を維持するための基本的な労働を他人に任せること、任せたまま自分はじっと見ているだけというのは、想像以上に居心地の悪いものだった。家事サービスの人が来ると、今回特に集中してやってほしい所を伝えて外出する。誰かに家事を依頼することに対するやましい気持ちがまだ残ってはいたが、一度その楽さに慣れてしまうと、甘い快楽が押し寄せてきた。外出して帰ってきたら、床はつやつやに磨かれ、洗濯物がきちんと畳まれていると、いつ見ても感動するし、やめられなくなる。

「家事は私たちに任せて好きな仕事に集中してください」。家事サービスアプリのキャッチコピーだ。男でも女でも、今好きな仕事にだけ集中している人なら、妻であれ母親であれ同居人であれ、誰かの家事労働に対して罪悪感と感謝の気持ちを持って当然だろう。家事サービスの人が来ている四時間、私は外に出かけて本を読み、友達に会い、お酒も飲む。一回四万五千ウォン、ひと月で十八万ウォン、一回のショッピングですぐに消えてしまう金額で私は、平日の間に疲れた体と心に若干の余裕と楽しみを、そして家庭の平和と同居人との円満な関係を買っていた。

この話にはどんでん返しがある。ある日、家を空けて予定より早く帰ってくると、もともと四時間の約束になっている家事サービスのおばさんが、まだ三時間ちょっとしか経っていないのにいなかったのだ。グループトークでこの状況を伝えると、ある友人がこう言った。「若い女がふたりで暮らしている家だから、甘く見られたんだね」。別に若くもないけれど、未婚で子どももいないというカテゴリーにたぶん分類されてしまうのだろう。一週間にたった四時間の仕事しか頼んでいないのに監視するような雰囲気を漂わせたくなくて、果物や冷たいお茶を用意し、気楽に仕事してもらおうと家を空けたのに、かえってそれが甘く見られる結果になったのかという自責の念も感じた。ひとりでもふたりでも、結婚していない女に対する世の中の態度は大体そんなもんだ。

HANA
ハナ

家内と主人

キム・ミンチョルとチョン・イリョン夫婦（チョル君ナッピョル）のうち、「家内」は夫のチョン・イリョンで、「主人」（韓国語の直訳では「外の人」）は妻のキム・ミンチョルだ。キム・ミンチョルはふたりが初めて出会った時から今までずっと会社勤めをしていて、いつも家の外に出ている人で、チョン・イリョンは、修士・博士課程を終えるためにキム・ミンチョルよりも家にいる時間が長かったからだ。チョン・イリョンは家事をし、時にはお弁当を作り、伝統的な「家内」の役割に忠実だった。女が家内で男が主人という伝統的な性の役割をひっくり返して呼ぶのが面白かった。

わが家に当てはめて考えてみると、当然私が家内で、ファン・ソヌが主人だった。私はフリーランスだから家で仕事をすることが多く、ファン・ソヌは二十年間まじめに働きつづける会社員だからだ。私たちは「わが家の家内は元気だったかな」「ご主人よ、行ってらっしゃい」と冗談交じりのあいさつをしたりするけれど、ある日、ファン・ソヌが不意に「主人は今日も行ってくるぞ」と言うので、「家内」よりも「主人」がどことなく優位に立つことになった。なぜ、「外の主人」はいるのに「家の主人」はいないのだろう。

ところで問題は、家内である私は、私の職業としての仕事を家でするのだから遊んでいるわけではないのに、なぜか家事が私の役割みたいな圧迫感を感じるようになったことだ。ずっと家にいるから、ゴミ出しもして、猫のトイレも掃除し、掃除機もかけて、洗い物もして、洗濯機も回して……となってしまうのだ。おかしい。家事には終わりがなく、家にいるといくらでもやることが目に入ってきて、自然と私は家事をする人になってしまった。

一日中家事をして、きれいに片づいた家に帰ってきた同居人は、かばんを適当に放り投げて私とおしゃべりをし、ツイッターをしたら自分の部屋に入って寝てしまう。翌朝はシャワーをして髪を乾かし、準備ができたら出勤する。すると私は、同居人のかばんを片づけ、落ちた髪の毛を掃除するのを兼ねて掃除機をかけ、猫のトイレをきれいにし、ゴミ箱を……となるのだ。いつも結局。同居を始めた頃はそのことで私が大きなストレスを抱えていた。なぜかと言うと、家事というのは、浴室の排水口から靴箱のほこりまで、やろうと思えばきりがなく、思った以上に時間もかかる。同居人はそんなディテールにはまったく気づかない人であるうえに、そもそも家事というのは「ふだんと変わりない姿を維持する」ことであり、いくら一生懸命やったところで気づいてもらえないのに、ちょっとサボるとすぐにバレるからだ。

しかも、同居人は「自分の動線を手がかりとして残すタイプ」だ。ヘンゼルとグレーテルがパンくずで道に印をつけたり、山に捨てられに行くお婆さんが道々枝を折って一緒に来た息子に帰り道を教えてやるように。私は同居人が外出すると、「あ、今日はファン・ソヌがここで薬を飲んだんだな」（薬の袋が破られたまま棚の上に置かれている。すぐ下にゴミ箱があるのに）→「ファン・ソヌがコンタクトレンズをはめたんだな」（使い捨てレンズの包装容器が洗面台に置かれている。三十センチ右にゴミ箱があるのに）→「うむ、ファン・ソヌがハサミを使ったんだな」（何かを切った跡があり、ハサミの刃が開いたままテーブルの真ん中に置かれている）→「ファン・ソヌが読む本を選んだんだな」（きちんと整理されていた本の山が崩れ、何冊か床に落ちている）。

そうやって動線をそのまま把握できる。

一方、私はどんなタイプかと言うと、仕事をする前に周りを片づける人間だ。同居人の動線に従って片づけ、家事をし、そのうえおかしなことにキッチンをピカピカの状態に維持しようという欲望まで重なり、自分の仕事を始める前にすでにへたばってしまう。家の妖精であり、家内でもあるドビーは、見て見ぬふりできないのが問題だ。

主人は外でお金を稼いでくる人で、家内はそのお金で家を切り盛りする人なら別だけれど、私たちは生活費の口座に同額ずつを入れておいて、なくなったらまた同額ずつ入れて使うというやり方できっちり半分ずつ負担しているのだから、こんな生活方式ではバランスが取れない。だからといって、そのまま放っておけば、猫が四匹いる家の中はあっという間にぐちゃぐちゃになり、それでも何とも思わない主人に対する家内のイライラは募るばかりだ。

解決策は二つだった。一つ、外に出て仕事をすることにした。仕事するのに適当なカフェを探して出退勤した。家事をしないためには、家にいないことだった。二つ目はお金だ。私が家事をたくさんした週には、家事代を請求した。

主人は文句を言わずにお金を支払った。私も「お金をもらってする仕事」になると、はるかに気分がましになった。やっぱり、明確な対価が必要だ。

最近、主人は週末に、平日の家事の対価として家事サービスを利用しはじめた。日頃のファン・ソヌの持論は、「お金で解決できるものは大した問題ではない」だったので、家事の不均衡問題もとりあえずお金で解決できるかどうかを実験してみたのだ。

家事サービスの人が初めて来た日、私は自分より年輩の人がわが家の家事をするのを、そばで一緒に手伝うのも手伝わないのも気まずい気がして、チョル君の家に避難した。ファン・ソヌは「私は気にしない」と言って家にいたが、結局、いたたまれなくなって一緒に掃除をしたという。ははは。主人が自発的に家事サービスの人を呼び、家事負担のアンバランスを解消しようと試みただけで、私の心のわだかまりは解けた。しかも、家事サービスの終わったきれいな家に入ることは、家内であり家の妖精ドビーである私にとって、本当に大きなプレゼントだ。さあ……各家庭の主人たちよ、お金を使うのだ！

SUNWOO
ソヌ

都会の呑んべえ女たち

シングルの生活の質を決定する条件のうち、衣食住の次に来るのは近所に住んでいる友達だ。そのまま家に帰るのは惜しいけれど、会社の人たちとこれ以上一緒にいたくない時、帰り道に気兼ねなくご飯を食べようと誘える友達、すっぴんにジャージ姿でごろごろしていても上着だけ引っかけて出かけ、一杯飲んでクールに別れることのできる友達、ひとこともしゃべらなかったせいで舌が口蓋にくっついてしまったみたいな週末に、近所の劇場で並んで映画を見て感想を言い合える友達、レンタサイクルのステーションで会い、自転車に乗って一緒にゆっくり公園を一周できる友達。徒歩十五分の生活圏内にそんな友達がいたら、人生がずっと優しいものに感じられる。

だけど、そんな友達は、望んだからといってできるものでもなく、誰かの紹介で出会えるものでもない。近くにいる、会う相手を薦めてくれるデートアプリも、友達を探すのに使うものではない。偶然、近所に住んでいても、どれくらいお酒を飲むのか、どれだけ寂しさに耐えられる人でどんな時に他人を必要とするのか、友達より恋人が優先なのか、残業の頻度はどれぐらいかなど、多様な要因が一致するケースは多くはないので、そういう近所の友達は、想像上の動物、ユニコーンみたいな存在だと言われてきた。ところが、わが家にはユニコーンが住んでいる。

気の合う友達が近所に住んでいて、あまり気兼ねしないで会える関係なら、その友達と同じ家に住んだとしても、負担はほぼゼロだ。近所にいい友達がいて、互いの家の距離はゼロメートル。観たい映画が公開された時、一緒に観に行こうと誘って断られたらどうしようと悩む必要はなく、すぐに聞けばいいし、ソファに座ってTVで一緒に映画を観た後、すぐに感想を言い合える。

短所もある。家に帰ったらいつでもいい飲み友達がいるから、お酒を飲む回数が増える。お酒の好きな人にとって、ふつう飲みたいシチュエーションは次の二つだ。疲れて、あるいは、気分がよくて。そうして私は、飲む機会が二倍に増えた。自分が飲みたい時と、同居人が飲みたい時だ。

私たちが引っ越してきた日、アン・ファディマンの『本の愉しみ、書棚の悩み』（相原真理子訳、草思社、二〇〇四）のように、書斎ではそれぞれの蔵書を合わせる大作業が繰り広げられる一方、リビングではふたりの酒コレクションが一つにまとめられた。違う点があるとすれば、書斎では、同じ本はあっさりと古本屋に売ったり友達にあげたりしたが、お酒に関しては譲歩することなく、そのまま全部残したということだ。タンカレー、ヘンドリックス、モンキー47、ボンベイ・サファイア……ジントニックも種類別にいろいろ作って飲むことができ、シングルモルトウイスキーが産地別にそろった。バランタインやグレンフィディック、ザ・マッカランは製造年別に並べた。コニャックをそれほど好まない私は、同居人のヘネシーやカミュXOを味見し、ウイスキーとはまた違う香りと味の世界に目覚めた。

もちろん、そんな強いお酒をいつも飲むわけにはいかないので、ふだん用のワインとビールは切らさないよう、別途常備しておかなければならない。最近、流行に敏感な同居人のお母さんは、わが家に来てこのすばらしい酒コレクションを目にすると一喝した。「あんたたちは、まさにあの『都会の呑んべえ女』〔未邦訳、一〜三巻。都会に暮らす三十五歳の女三人のお酒ライフを綴っている。オリジナルはウェブトゥーン〕じゃないの！」

いつの頃からだったか、私には行きつけのバーと言える店がなくなってしまった。ひとりで暮らしていた頃は、近所の友達に連絡するのも面倒な時に私を歓待してくれた店がいくつもあった。友達がやっているバーもあったし、長く勤めている、顔なじみのバーテンダーと話をしたり、顔見知りのほかの常連客と会ったりもする温かい空間は、人ではないけれど確かに友達の役割をしてくれた。そんな時期を経て、今では最高の行きつけのバーはわが家のリビングになった。いちばん好きな飲み友達と私が店主で、自分たちの好きな音楽を選ぶDJであり、口に合うおいしいおつまみを作って提供する場所だ。

いつだったか、ふたりで勢いよく飲んでお酒が足りなくなり、外に飲みに行こうかと提案したことがあった。同居人は決然と叫んだ。「冗談じゃない。一度ブラジャーを外したら、もう着けられないよ!」。SNSにこの会話をアップしたら、ふだんからワインを数十本常備しているチョル君ナッピョルから、喜んでお酒を提供しますよとすぐに連絡が来た。ブラジャーをまだ着けていた私がささっと行って彼らの好意に甘え、その日のお酒の場はハッピーエンドで締めくくられた。こんな調子だから、家の外に出る理由があまりない。

HANA
ハナ

私たちの老後計画――ハワイデリバリー

私たちはソウルの人だろうか、釜山の人だろうか。ふたりとも大学進学のためにソウルに上京し、今では釜山で暮らした時間よりソウルで暮らした時間の方が長くなった。家でふたりで会話する時は、ソウルの言葉と釜山の言葉を七対三ぐらいの割合で混ぜて使っている。ふたりとも、初めてソウルに来た時は、ものすごくときめいたし、幸せだった。「ああ、やっぱりソウルはいいなあ」。ソウルでしか享受できない多くのことに熱狂し、またそれらをせっせと楽しみながら生きてきた。ところが、いつの頃からか、だんだん息が詰まるような気がしてきた。ソウルでは得られないものがあった。それは海だった。決して漢江では代わりにならない、あの目の前にぱーっと広がる水平線。

冬にも夏にも毎年必ず釜山で数日を過ごしている私たちは、釜山で海と対面した途端にこうつぶやく。「ああ、やっぱり釜山はいいなあ」。ソウルの厳しい気候と漢江では解消できない息苦しさに疲れた頃、夏はソウルより涼しくて冬は暖かい釜山で過ごす休暇は、私たちにとって大事なイベントとなった。海を見ながら自然と、「年を取ったら釜山に帰ってきて暮らそうか」「私も言おうと思ってたんだ」「釜山で何して食べていく?」「海辺でバーをやればいい」「その頃には体力がなくなってるんじゃない?」「元気な若者を雇えばいいよ。でなきゃ、一週間に四日だけ店を開けるとか」。そんな会話の中で私たちは、漠然とふたり一緒の老後を思い描いている。

ふたりでお酒を飲む時は、必ず音楽をかける。ふたりとも音楽がとても好きで、私も音楽をよく聴く方だけど、ファン・ソヌはその比じゃない。ファン・ソヌが聴く音楽のジャンルはとても幅広い。ポップスからロック、ジャズ、クラシックまで、多種多様な音楽に詳しい。

だけど、私たちには本当に通じる部分がある。お酒が進むと感じる音楽のパターンがよく似ているのだ。そして、誕生日が半年違いなので、何歳の時にどんな音楽を初めて聴いた、といった歴史もほぼ同じだ。だから、お酒を飲む時、「あ、この歌!」「これが好きなら、絶対これも気に入るはず!」「わあ、これ、私も好きなの!」と、互いに合いの手を入れながら音楽をかける。ひとりが音楽を選んでかけると、途中でもうひとりが「これを聞いたら、あの歌を思い出した！」と言って、お互いにお気に入りの音楽を聴かせたくて大騒ぎになり、しまいには、各自一台ずつBluetoothのスピーカーをスマホにつないでおいて、代わる代わるＤＪをするはめになる。

酒の肴として聴くのだから、まじめに聴かなければならないものではなく、軽く体を揺らしながら聴ける曲が大半だが、ちょっと軽薄な感じがする曲になるとテンションが上がるところも、ふたりはよく似ている。「よそでこの曲が好きだって言うのは恥ずかしいけど……私、好きなんだ」とか、互いに聴かせる曲にはいつも「そうよ、これよ!!」という反応が返ってくる。私たちの耳には私たちがかける音楽がいちばん心地よく、「こんな音楽がかかっているバーがあったら、ほんとにお酒が進みそう」とやたらはしゃいだりしていた。

そんなある日のことだった。私は、一日に一曲ずつ交代でセレクトしながら、私たちの選曲リストを作ろうと提案した。どのプラットフォームにアップしようかと検討した結果、やっぱり私たちにとってなじみのあるツイッターを使うのがよさそうだった。「各自、二日に一曲ずつ選んで簡単なコメントと一緒にツイートするんだよ」。同居人は、事情があってできない日もあるだろうに、毎日は難しくないかと言ったが、以前、一日に一つずつアイデアを見つけて連載したことのある私は、とりあえずやってみてだめだったらやめようと、ノートパソコンを開いてアカウントを新しく作った。その場で決めたアカウント名はハワイデリバリー（@hawaii_delivery）。その時ちょうど、テーブルの上にあったキーホルダーに刻まれていた言葉で、ふたりとも喜んで同意した（小《ソ》公《ゴン》洞《ドン》（ソウル市中区）の「マンケイブショップ」で買ったかわいらしいキーホルダーだった）。

　プロフィールには、「二十年後に海辺にオープンするカクテルバーの音楽を一日に一曲ずつリストアップしていくアカウントです」と書いた。そして、インターネット検索をして、ヤシの木と「Cocktails」という文字が描かれたネオンの写真を見つけ、プロフィール写真にした。同じ名前でYouTubeのプレイリストも作った。どうしてそんなに速やかに物事が進んだかというと、その時、私は原稿の締め切りを控えていたからだ。人は締め切りが迫ると、躍起になってふだんはやらないことをやるものだ。続けて私は、一曲目をアップした。

ハロルド・メルヴィン&ザ・ブルー・ノーツの一九七五年の曲『Hope That We Can Be Together Soon』だった。

この日、つまり二〇一七年二月二十八日から今まで、私たちはほぼ一日も休まず、まじめに曲名をアップしてきた。どちらかがものすごく忙しい時は順番を代わることにしたので、きっちり半分ずつではない。そしてこれまでは、アカウント運営者が誰なのか秘密にしてきた。

ハワイデリバリーのリストが私たちの趣味をすべて反映しているわけではない。ものすごく難解だったり、ものすごく静かだったり、ものすごく騒がしい曲は排除して、少し体を揺らしたくなるぐらいの、海辺のバーに似合う曲に絞って選曲している。一日に一曲ずつアップすることは、思った以上にさまざまな効果を発揮している。互いに選んだ曲を聴きながら、互いをさらに少しずつ理解するようになり、同じ音楽リストを共有しながら、別の場所にいてもよく似た時間を積み上げている。一日一曲の対話とも言える。

二〇一九年一月二十七日現在、ハワイデリバリーのツイッターアカウントのフォロワーは七千六十三人で、六百六十七曲がリストアップされている。それなりにファンも多い。ハワイデリバリーの音楽は、家の掃除をしたり、ドライブをしたり、お酒を飲む時のBGMとして流すと真価を発揮する。この文章を読んでいるみなさんもYouTubeで「hawaii delivery」と検索し、試してみてほしい。大半は、どことなく海辺を連想させる曲だ。

しばらく前に、私たちハワイデリバリーデュオはハワイを旅行してきた。あのキーホルダーも持っていき、記念写真を撮った。毎日音楽を一曲ずつ選んでリストに加えるたびに、いつか釜山、あるいはどこかの海辺にできるであろう楽しいバーを思い浮かべる。すると、ソウルの日常に一曲分程度の海が入り込んでくる。未来を具体的に描くたびに、その未来に一歩ずつ近づくという。これも私たちの老後計画と言えるかもしれない。人は、年金保険、不動産、子どもへの投資など、それぞれのやり方で老後を準備する。私たちは一日に一曲ずつ音楽を増やしていきながら、老後を描いている。そのバーが実際にできようができまいが構わない。毎日その場所を思い描きながら楽しんでいるのだから、すでにこの計画は機能している。

SUNWOO

ソヌ

望遠スポーツクラブ

同居人と私は共通して好きなものがいくつかあって、何かにハマると互いに情熱的に伝え合う。最近では『女の答えはピッチにある　女子サッカーが私に教えてくれたこと』（キム・ホンビ著、小山内園子訳、白水社、二〇二〇）という本がある。サッカーファンの著者キム・ホンビが、ゲームを観戦するだけでなく自らアマチュアの女子サッカーチームに入団し、ピッチの上を走り、転げ回って、シュートを打ちながら経験した血と汗と涙についてまとめたエッセイだ。同居人が先にこの本を読み、私が絶対避けて通れないように情熱的に伝播してくれたおかげで私たちふたりはすっかりハマり、会う人会う人に薦めて回った。多様な年齢層、職業、性格、キャラクターの女性たちが、好きなスポーツにハマって一緒に練習し、試合をして負け、また負けるけれど、再び勝利を目指して立ち向かう姿にものすごく胸がじんとした。

最近は変わりつつあるけれど、私たち世代の女性たちは、エリートのスポーツ選手でないかぎりスポーツとは縁のない成長期を過ごすことが多かった。ほかの分野の早期教育と能力開発が活発化し、体育は落第さえしなければいい余分な教科として扱われた。小学校の頃、運動場の大部分は男子が占めていて、女子は家庭と学校では走り回る楽しさを教えられたりするよりも、「女らしさ」を確認させられ、神経を使わなければならなかった。中学・高校時代には試験のための体力テスト以外に、ずっと楽しめるような運動教育を受ける機会も少なかった。

私は、女子学生が慣習的にさせられていた団体スポーツがドッジボールだったことについて、今でも強い疑問を抱いている。試合中ずっと、ボールに当たらないかと戦々恐々としながらよけて回り、当てられると線の外に出なければならない力の抜けるようなルールを持っているうえに、バレーボールのように体でボールを受け止めるスポーツに対する漠然とした恐怖を植え付けられた。ドッジボールみたいに社会に出て使えないようなものではなく、まじめに取り組めるスポーツがいろいろあっただろうに。たとえば、本当にサッカーやバスケットボールでもやっていればよかったと思う。チームの一員となって一緒に汗を流し、目標を達成する小さな経験の積み重ねが、女性たちにはもっと必要だ。

そんな状況だったから、女性たちは成人してから自らスポーツに対する興味を見いだすケースが多い。私も疲れてよろよろだった二十代をスポーツとは無縁のまま無駄に過ごし、三十代の初めになってようやくスポーツを始めた。肩を痛めて動かせなくなり、整形外科に行くと、回旋筋腱板損傷および部分破裂と診断された。医者は、そろそろ老化と退行が始まる年齢だという衝撃的な話を、世界一やる気のない態度で言い放った。老化と言えば、皮膚の老化しか知らなかったのに！　だけど、筋肉がしっかりしていれば、またあちこちの関節を傷めることはないだろうというあの日の診断のおかげで、薬を飲み、注射を打つようにリハビリのためのウェイトトレーニングを始めることになった。

あれから十年ほどが過ぎた今は知っている。あの時どん底に落ちて這い上がってきていなかったら、どんどん老化は進んでいただろうということを。体を鍛える必要を知り、遅まきながら体を動かす楽しさを知ったのは幸いだった。今は、筋肉をつけることはお金と同じぐらい重要な老後対策だと思うようになり、何よりスポーツの楽しさは面倒臭さを越えるものであることを知っている。

ひとり力の頂点を極めた三十代の私は、スポーツもひとりでできるものがよかった。トレーナーとのマンツーマンレッスン、ひとりで器具を使ってできるウェイトトレーニング、そして、いつでも運動靴を履いて走ればいいランニングのように、誰かと時間を合わせたり、気兼ねしたりすることなく、効率を追求できるスポーツのことだ。そんな中、一緒にやる不便さの楽しみを教えてくれたのはテニスだった。誰かとボールを打ち合いながらラリーをする面白さ。それはひとりでは不可能で、どんなＡＩとも分かち合えない、手足を動かす他人の体だけが与えてくれる快感だった。

キム・ホンビさんのサッカークラブみたいに真剣ではないけれど、私たちにも一緒にゆるりとスポーツを楽しむ仲間がいる。「望遠スポーツクラブ」、略して望《マン》スクールというグループだ。その中心には同居人がいて、思い立ったら何でもひとりで素早くやってしまうのを気楽だと思う私とは違い、キム・ハナには面倒で煩わしくてもみんなで一緒にやるのを楽しむリーダー気質がある。

私が初めてキム・ハナとまともに話したのも、彼女が中心となっている

「キャッチボール・ウィークリー」で、景福宮周辺を散策してから軽く運動でもしようという集まりに参加した時だった。そして今は、望スクールのメンバーの多数が近所に住む人たちで、キム・ハナが西村に住んでいた頃から長く続けてきたラフな勉強会「浅い知識」のメンバーとも重なる（今はおいしいものを食べにいく「浅い美食」として第二期が始まっている）。特に理由がなくても集まって一緒に遊ぶ仲間で、望遠洞に引っ越してきてからなぜか地域社会インフラを活用すればいいという考えに至り、課外活動を始めたのだ。わが家の目と鼻の先にある麻浦区民スポーツセンターで一緒にボウリングをしたり、センターの真横にあるレンタサイクルを借りてサイクリングをしたり、望遠漢江公園にあるプールに集まって泳いだりするのが望スクールの主な活動だ。

いつものメンバーといつもの冗談のパターンに体を動かすことが加われば、笑いがもっと増える。みんなアマチュアで下手なりに互いに教え合い、水泳の集まりでは誰かはターンを、誰かはクロールの息継ぎを、誰かは潜水を習っている。仲間同士、それぞれ自分が人より少しましな技術を教え合うのだ。ときどき、望スクールの雰囲気を暗くするのは私で、無駄に勝負欲が強く、遊びのはずのボウリングで思い通りのスコアが出なかったりすると、不機嫌になる。

熱中しやすい同居人が私に教えてくれた中で、最もありがたくて有用なのは水泳だ。十二月の初めに引っ越してきて、マンションの真ん前にあるスポーツセンター以外にも、歩いて十五分のところに区民プールがあるということを知ったキム・ハナは、初級クラスに申し込んだ。あの寒い二月に、水の中に入らなくてはならない水泳を習い、しかも朝早い授業しかない初級クラスに通いはじめた。いつも無理っぽい状況になると、「そこまでしなくていいんじゃない？」と反問するのを忘れないキム・ハナとしては異例のことで、大変そうなその挑戦は十か月間休むことなく続いた。

一時、この水泳初級者は、家でも水の中にいるみたいにして生活した。YouTubeであらゆる水泳講座を探し、プールで鼻に水が入ってつらい目に遭い、翌日のレッスンのためにお酒を控える成熟した姿を見せたりもした。水着を着たまま、リビングの壁にもたれたりベンチにひっくり返ったりしてバタ足をしながら、ストロークの動作も練習した。そんな同居人に私は「望遠洞のオタマジャクシ」というあだ名をつけた。そうして休まずに何か月も通い続けた結果、望遠洞のオタマジャクシは平泳ぎとクロール、背泳ぎをすべてマスターすると、バタフライまで少しできるカエルに成長した。そして、それに留まらず、私をはじめ仲間に水泳を教えはじめた。

ひとりで行動するのが好きで、いつも自分には何ができるかということばかり考えていた優等生気質の私にとって、同居人の不思議な面がもう一つある。誰かが上手くなっていくのを見て心から喜び、それを助けることに尽くすところだ。国語と歴史を教えていた元教師の両親の血が流れているからか、気持ちだけでなく、本当に人に教えるのが上手だ。

去年の春には、友達三人と一緒にタイのホアヒンに旅行に行った。泳げるのはその中の三人で六〇パーセントの比率だった。プールのあるホテルで三泊する間に、その比率は一〇〇パーセントになった。旅行最後の日には、子どもの頃の経験から顔を水につけるのが怖かった友達まで広いリゾートホテルのプールで泳げるようになり、胸が熱くなって何とも言えない感情が押し寄せてきた。トリバン先生！　私たちはヘレン・ケラーの恩師サリバン先生とキム・ハナのあだ名「トル」を合わせた名前をつけた。旅行から帰ってきて一か月後の先生の日〔毎年五月十五日。ふだんお世話になっている先生や恩師に感謝を伝える日〕には、あの時キム・ハナから水泳を習ったふたりがカーネーションと一緒に手紙を贈った。「トリバン先生、大好きです」

スポーツに関して私がロールモデルにしている人は、インスタにあふれているモムチャン〔モム（体）とチャン（最高）を合わせた造語で、「鍛えられた体」の意〕トレーナーでもプロのスポーツ選手でもなく、キム・ハナのお母さんだ。「年を取ったらどこから自信が湧いてくるか知ってるかい？　体力だよ」。キム・ハナのお母さんは小柄で、体が弱くて、よく寝込んでいたそうなのだが、四十代以降ずっとヨガと水泳をやっていて、今ではそんなことを言うまでになっている。いつだったか、私たちを釜山駅に送ってくれた時、キム・ハナのお母さんは、四十代で盛んに水泳を習っていた頃、初めて潜水に成功した時の話を聞かせてくれた。

「ある人がね、プールのレーンの端から端まで、息継ぎしないで一気に泳いでいったんだよ。ほんとにすごいね、かっこいいねえと思ったけど、私にはあんなことはできそうにないと思えた、絶対に。とても息が続かないだろうなって。ところがある日、私もできるところまでやってみようと心に決めてやってみたら、端まで行けたんだよ。一度も息継ぎをしないでね。どれだけ気分がよかったことか。だから、どんなことでもできないなんて思わないで、一度やってみるといいよ」

四十代の今の私にも、やってみたことのないスポーツや使ったことのない筋肉はまだまだある。ひょっとすると、プールのレーンの端から端まで潜水するように、考えもしなかったことができるようになることもあるだろう。「老化」の宣告を初めて受け、運動を始めてから約十年になる今は、こうしていろんな挑戦をしながらずっと自分の体を使っていきたいと思っている。七十歳の今、人生最高の体力を保っているというイ・オクソン〔キム・ハナの母〕のように。

ひとりでならより速く行けるけれど、より遠くへ行くには誰かと一緒に行くべきだ。そうすれば退屈しないから。私の次の目標は、望スクールの仲間たちとテニスをすることだが、キム・ハナがまず講習を受けてからみんなに教える、というふうにするのがよさそうだ。

HANA
ハナ

男の人がいればよかったと思う時

二〇一七年三月十日午前。朴《パク》槿《ク》恵《ネ》氏に対する弾劾審判が行われた日のことだった。憲法裁判所の李《イ》貞《ジョン》美《ミ》所長権限代行が判決文を読み上げる間、私たちは耳をそばだてて聞き入っていた。この国の国民なら誰もがそうだったに違いないが、私たちが耳をそばだてていた理由はほかにあった。リビングの天井の真ん中から、ぽたぽたと水がしたたり落ちていたのだ。国の危機であり、家の危機だった。人生でこんなにドラマチックな日はほかにないだろう。

前の日の夜遅く、夕飯を食べてから一杯飲んで家に帰ってきた同居人と私は、玄関のドアを開けて気絶しそうになった。リビングの床に水がたまり、天井から水がぽたぽた落ちていた。慌てて雑巾で拭き取り、上の階のお宅に行ってベルを鳴らした。私たちの話を聞いた上階の夫婦は、自分たちはボイラーも水道も何も使っていない、絶対に自分たちのせいではないと言い張った。わが家に来て状況を確認した上階のおばさんは、大きなたらいと雑巾を持ってきて事態の収拾を手伝ってくれた。

私たちは一晩中、天井から落ちた水が金だらいにぶつかる音を聞きながら一睡もできなかった。音だけでなく、引っ越して三か月しか経っていない家でこんなことが起きるなんて、腹が立って仕方なかった。何時間かに一度たらいの水を捨てたけれど、天井からしたたり落ちる水は止まりそうになかった。そのうえ、天井の壁紙がはがれて浮きあがってきている。落ちてくる水は塗って間もない糊を含んでねばねばしていて、あちこちはねてドアや家具にも跡がついた。

「大統領、朴槿恵を罷免する」

李貞美所長権限代行は、繰り返される「しかし」によって、全国民の心と株価のグラフを揺さぶり、判決文を読み上げる間、心臓をぎゅっとつかまれていた私たちは、最後のひとことに戦慄した。事必帰正《サピルクィジョン》〔物事は必ず正しきに帰するという意味〕。あの強欲と無能と腐敗の時代をついに終わらせることができるんだ！

しかし、わが家の危機は一体何が原因で、どうすれば終息させられるのか、さっぱりわからなかった。やがて、漏水調査の専門家が来る時間になり、上階に向かった。漏水調査班のふたりはすでに到着していたが、玄関のベルを鳴らしても誰も出てこなかった。上階のおばさんに電話すると、「あら、うちの人がいるはずなんだけど。ちょっと待ってて。連絡してみるから」と言った。しばらく待っていると、おじさんがのろのろと帰ってきた。漏水調査班は、この費用は上の階で負担するのが妥当だ、支払いを約束してもらわない限り作業は始められないと言った。おじさんはそれには答えず、あれこれ言い訳をして時間を稼いだ。自分は以前にこのマンションの管理所長をやっていたのだと言ってあちこちに電話をかけ、「水が漏れてるんだが、うちには何の落ち度もないんだよ」とか何とか言うもんだから、怒りがふつふつと沸いてきた。

その間、わが家ではずっと水漏れが続いていた。しばらくぐずぐず言っていたおじさんが調査を始めてくれと言うと、漏水調査班は機械を手に作業に取りかかった。機械が怪しい場所として示したのは、シンクの下の方だった。巾木をめくってみると、中に水がたまっていた。原因は、シンクの下にあるバルブがゆるみ、水がちょろちょろ流れ出ていたことだった。床に染み込んだ水が、わが家の天井に達して壁紙との間にたまってあふれ出し、糊を含んだ水が漏れだしていたのだ。

漏水の原因が明らかに自分たちにあるとわかった瞬間、おじさんは百八十度態度を変えてわけのわからないことを言いはじめた。「ははは！　こりゃ何てことだ。まさか、こんなことになってるなんて。どうしてバルブが開いてたんだろう。ほんとにすまないねえ。やっぱり、専門家は違うなあ。こんなにぴたりと漏水の場所を探し出すなんて。ほんとに大したもんだ。さすが専門家だよ。ああ、どうしてバルブが開いてたんだろう。二度とバルブが開かないよう、しっかり閉じてくださいよ。ああ、まったく」

とりあえず水は止まり、あとはたまった水が全部流れ落ちるのを待つしかなく、水はその後も数日間にわたって漏れつづけた。漏水調査の翌日、上階の夫婦がわが家にやってきて、おじさんが大声で言った。「いやいや、申し訳ない。私たちが、全部ちゃんと、ぜーんぶ元通りにします。引っ越して間もないのに、本当に腹が立つでしょう。すみませんね。幸いにもうちは保険に入ってます。保険会社の人に来てもらって、きちんと調査してもらって、そしたら保険料が下りますから、それで全部きれいに修理してください。おふたりを見ていると独立した娘たちのことを思い出してねえ」。保険料を当てにしたおじさんは、大きな口をたたいた。まるで、善意でしてやるかのように。

保険会社の調査員が来て見積もりが出た。水の落ちた箇所の床がめくれ上がって割れていて、床板を交換するなら、家具はすべて保険会社と契約した業者が移動させながら施工してくれるとのことだった。ところが、上階のおじさんが変なことを言いだした。自分の知り合いの業者に任せると言ってずるずると日を延ばし、そのうち、このマンションを建てた時に地下に保管しておいた床材があるから、それで修理すると言いだした。それはつまり、十三年間地下室に置いてあった床材だということだ。あきれてものが言えなかった。

そして、同居人に電話してきて、自分が出せるのはいくらまでだ、それ以上は絶対に出せないとも言った。保険会社の見積もりの六〇パーセントにも満たない金額だった。わざと水漏れさせたわけでもないし、上下階の関係で事を大きくすることもないと思って、これまで新居の天井がめくれたまま何か月も我慢してきたというのに、それはあんまりではないか。私は、その電話の内容を聞いてついに堪忍袋の緒が切れ、すぐさま電話をかけて大声を張り上げた。私はふだん、声や口調は穏やかな方だけれど、爆発するとパヴァロッティ〔一九三五〜二〇〇七、イタリアのテノール歌手〕みたいな大声になる。おじさんは、自分には責任はないと言って途中で電話を切ってしまった。何て失礼なやつだ！

後からわかったのだが、おじさんは、保険会社から全額出ると思っていたので大きな口をたたいたものの、自己負担金があると知って態度をひっくり返したのだった。自己負担金といったって大した金額でもないのに、それを出し惜しみするなんて恥知らずにも程がある。

おじさんの稚拙さと卑劣さは、ある日、うちの郵便受けに、ソウル西部地方裁判所の消印が押された内容証明が届いたことで頂点に達した。私たちの要求した金額が最初に約束した修理の範囲をとんでもなく超えていて、だから自分たちはそれに対する責任はないという内容で、本人が直接作成した書類だった。だけど、私たちには証拠があった。上階の夫婦はほんとに運が悪く、私たちはほんとにラッキーだった。上階のおじさんがやってきて、「全部ちゃんと、ぜーんぶ元通りにします」と豪語したのをファン・ソヌが録音してあったのだ。私たちは冷静に、「とんでもない内容証明は、私たちが持っているあなたの肉声データと食い違っていますね」とメッセージを送った。

ここに書くまでもない支離滅裂な過程を経て、上階の夫婦は結局、自己負担金は支払えないと言い、私たちは裏契約の書類にサインするよう迫られた。それに応じる必要はなかったけれど、応じなければ、天井がはがれたまま、あらゆる法的ストレスを受けながら、長い時間を過ごさなければならないだろう。上階の夫婦の態度にあまりに腹を立て、そんな裏契約に応じる必要はないという同居人に私は、書類にサインする代わりにそれを原稿料だと思えばいいと言った。この件の顚末を書くための素材提供費だと考えようという意味だ。そうして今、この原稿を書いている。

誰かに「家に男の人がいればよかったと思ったことはない?」と聞かれたら、「一回だけあった」と言ってこの話をするつもりだ。もしわが家に、上階のあのせこいおじさんよりもっと若くてたくましい男がいたら、あのおじさんは私たちに、十三年間地下室に保管していた床材で修理すると言えただろうか。保険会社の見積もりの六〇パーセントにも満たない金額を提示できただろうか。自分には責任はないと書いた内容証明を送って寄こせただろうか。私は決してそうは思わない。漏水調査のために上階に行った時、部屋の壁には夫婦が娘たちと一緒に世界のあちこちで撮った写真がたくさん飾られていた。

独立して暮らしているという娘さんたちも、きっとどこかで苦労しているに違いありませんよ。あなたみたいな人のせいでね。

家でも水泳の練習をしていた望遠洞のカエルのオタマジャクシ時代。

「あんたたちは、まさにあの『都会の呑んべえ女』じゃないの！」
とキム・ハナの母に言わしめたお酒のコレクション。

ふたり暮らしなのに、基本的に４人分、時には６人分を作ってしまうわが家のシェフ。

お客さんを招いて爆弾が落ちたようなキッチンをきれいに片づけるのは、ドビーの大きな喜びだ。

実力や点数よりも、体を張ったギャグや打ち上げに
力を入れている望遠スポーツクラブの多彩な活動。

©meltingframe

1. 私たちの老後計画である「ハワイデリバリー」の名前は、このキーホルダーからもらった。
2. 「トリバン先生」の講習を受けて水を怖がっていた友達まで水泳を楽しむようになった。
3. 窓の外に見える、波のように揺らめくプラタナスは、初めてこの家に魅了された時の風景だ。

3

4.

SUNWOO
ソヌ

私の第一保護者

同居人と私が好きな小説家チョン・セランが書いた連作短編小説集『フィフティ・ピープル』（斎藤真理子訳、亜紀書房、二〇一八）は、京畿道のとある総合病院を背景にした小説だ。エピソードごとに違う主人公が登場する五十余りの物語は、医師に患者、看病人、遺体を移送する人まで、病院のあちこちにいる構成員ひとりひとりの、それぞれ違った人生を見せてくれる。この本を面白く読んでいた時は、そんな大病院のシステムは私とは関係がない、だからなおさら興味をそそられる世界だと思っていた。人は、健康な時はそれを忘れてしまうものだ。

三月のある日、私はＰＭ２・５（微小粒子状物質）で霞んだ都市の風景を見下ろしながら五人部屋のベッドの上に横たわっていた。大きな総合病院を構成する微小な存在の一部になって。

それぞれ第一保護者と患者のリストバンドをもらってはめた同居人と私は、

ロックフェスに行くとよくそうするように、手首をクロスさせたまま、ふたりのエネルギーを精一杯かき集めて写真を撮った。病室が完璧な南向きなのは、患者が快適に過ごせるようにという配慮らしく、窓際のベッドはまさしくそうだった。遠くに牛眠山《ウミョンサン》まで見えるベッドの上に座り、ゆっくりと夜のとばりが下りるのを眺めていた。そうやって何もせず、何もできずにぼーっと過ごすのは、いつ以来だっただろうか。

入院したのは十三年以上勤めた会社を退職した、まさに二日後だった。三泊四日の入院で、三週ほど休めば回復する簡単な手術にもかかわらず、会社勤めをしている間はとてもそれだけの病気休暇を取る気になれなかった。あの頃、論峴洞のオフィスで、見慣れた風景の中に夕日が沈むのを一体何度見たことだろう。

病院の見慣れない風景や慣れない生活リズムと同じぐらいぎこちなく感じられたのは、やや厚くて糊のきいた入院着を着た自分だった。病院の指示に従って、アクセサリーやコンタクトレンズを外し、カラフルなマニキュアも落とした後だった。お化粧もできず、シャワーもできないまま病棟を行き来する患者たちは、実際の共通点は特にないのに、みんな同じように見えた。

数日前まで、オフィスには私だけがうまくやれる仕事があり、私が長い間作ってきた雑誌があり、私の個性と能力を認めてくれる人たちがいて、長い病気休暇を取れないほどのまじめさで自らを追い詰めていた会社員としての私がいた。でも、ひとりの人間を構成する内面的、外面的な個性をしばし取り除くと、この病棟で私が持っているものと言えば、性別と病名と年齢が書かれたネームプレートだけだった。

「ちょっと痛いですよ。ふーっと大きく息を吐いてください」。手術前日、浣腸をしなければならないという説明を受けた時、私は当然、健康診断の大腸内視鏡検査のように腸を空っぽにする溶液を飲んで、トイレに行けばいいのだろうと思っていた。ところが、まさか、肛門に注射器を挿して浣腸薬を注入するとは。その処置は、しっかりした、熟練の、てきぱきした看護師さんによって滞りなく執り行われた。まるで、銀行で順番を待って金額を伝え、両替でもしてもらうかのように事務的に。ただ、その業務処理の対象が、ドルやユーロではなく私の体だというだけだった。

便意をもよおす十分ぐらい前から出るという反応を待つ間、下腹からやるせない屈辱感が湧いてきた。軽い疾患だし、病院で過ごして帰る年間数千人いる患者のうちのひとりにすぎないのだから、事務的に扱われるのは当然だと納得しながらも、その過程で私が消えていくような気がするのは別の問題だった。

手術後、入院生活の中盤から後半にかけては時間が早く過ぎていった。麻酔から覚めた後の痛みと鎮痛剤のせいで朦朧としていたからだ。尊厳とか屈辱とかいうのも、手術前のぜいたくな悩みだったと思えるほど、食べて、排泄して、回復するのがすべての単純な数日が始まった。看護師は一日に三回ほど血圧と体温を測り、点滴に鎮痛剤を混ぜた後、おならが出たかどうかを大っぴらに聞いてきた。そして、呼吸器を通して全身麻酔をしたので、手術直後で重要なのは、深呼吸をして肺を広げる練習をすることだと言った。入院中ずっとそばで見守ってくれた同居人が、息でプラスチックのボールを飛ばす医療用具を買ってきてくれ、何度も私の口にくわえさせた。ふだんの私は、ウォーターサーバーのボトルをひとりで軽々と持ち上げられるのに、薬と禁食のせいで力が出ず、その数グラムしかないボールを吹き飛ばすのがあきれるほどつらくて笑ってしまった。

それに、食べ物がうまくのどを通らなかった。会社の近くにある食堂の、辛くてしょっぱいうえにたんぱく質のおかずが少ないメニューの悪口をいつも言っていたけれど、薄味の病院食は味付けがちょうどよく、栄養バランスもよく取れていて、できるなら今後もここに食べに来たいと思うほどだった。なのに、味とは関係なく、四分の一も食べられなかった。

少しずつ体を動かす練習をしなければならないと言うので点滴をつけたまま歩いたが、病棟のワンフロアの半分を回ると、力がなくなって座り込んでしまいたくなった。ランニングアプリに記録された走行距離が千二百キロを超えているこの私がだ。食欲旺盛で、元気いっぱいで、スポーツが好きだった、そしてそんな自分らしさに愛着を持っていた私は、病人としての自分がまるで知らない人のように思えた。

不思議なことに少しずつ元気が出てきてやっと退院できることになった日、荷物をまとめる同居人を見ながら、入院した日のことを思い出した。下着と洗面道具、スリッパみたいなものをリュックに詰めていた同居人が叫んだ。「病院だけど、ふたりで一緒に行くから旅行みたい。かばんに自撮り棒を入れそうになったよ！」。突然頭に浮かんだその光景は、手術後に笑うとおなかが引きつるということを初めて教えてくれた。

旅行とまではいかなくても、ひとりじゃなかったから耐えられた。痛みで意識が朦朧としていた手術当日もそうだったし、毎朝早くバイタルサインを測定する時、物音に敏感な同居人は狭い簡易ベッドで縮こまっていたかと思うと私より先にすっと目を覚まし、必要な物を用意してくれた。縮こまって横たわっている後ろ姿を見ていると、規則的に聞こえてくるいびきの音に胸が痛んだが、そのいびきの主が実はカーテンの向こうの隣のベッドのおじさんだったこともあった。そんな不自由な夜の共通の記憶は、この先ずっと私たちふたりの思い出になるだろう。

そして、私は看病人の役割を立派に務め上げた同居人が、私の第一保護者として与えてくれた最も大きな部分を忘れられないだろう。プラスチックのボール一つを飛ばすのにも苦労している私が、実はハーフマラソンを何度も完走した人だということを、鎮痛剤で朦朧としていない時は面白い冗談を言える人だということを、おならをするのがいちばん重要な任務である今の私が私のすべてではないということを誰よりもよく知っている人がそばにいるということ。その事実は、たった三泊四日だけれど、最も無力で弱っている時に、私が消えてしまわないように、最善を尽くして、私が私に戻れるようにしっかりと支えてくれたから。

HANA
ハナ

私たちはお婿さん

いつかファン・ソヌがお母さんに電話をかけた時、私が隣で「お母さん！大根の若菜のキムチがとてもおいしかったです！」と叫んだことがあった。ファン・ソヌは慌ててスマホを押さえ、私に「しーっ！」とジェスチャーをしてみせた。「どうして？」と声を出さずに聞くと、ファン・ソヌはもう一度私に向かって静かにしてという合図を送ったが、お母さんに聞こえていたのか、同居人は「あ……ハナが隣で大根の若菜のキムチがおいしかったって言ってる。うん。それはうれしいよ。いや、ちょっとだけ。ほんとにちょっとだけ送ってくれればいいから。お母さん、ほんとにちょっとだけね！」と言って電話を切った。「うちのお母さんは気前がよすぎて……おいしいって言おうものなら、大変なことになるんだから」

同居人の言葉に、うむ、そうなのかと思ったけれど、翌朝、ほんとにお母さんから「大根の若菜のキムチ、送ったよ」というメッセージが届いた。家に届いた大きな発泡スチロールの箱を開けた私はその時ようやく、ファン・ソヌがどうして「しーっ！」というジェスチャーをしたのか理解した。一師団を食べさせられるほどの大根の若菜のキムチと各種おかず、食材、ミスッカル（もち米、麦、ゴマ、豆などを蒸したり炒めたりしてから粉にした韓国の伝統的な健康食）などがぎっしり入っていた。わが家の冷蔵庫はあっという間にいっぱいになった。

実の娘でもないのに、隣にいた私のひとことでこんなに真心込めて大量の食べ物を送ってくれるなんて、本当にありがたくて、お母さんのすばらしい料理の腕前に目を丸くして驚いた（でも、ほんとにファン・ソヌの言うとおりだ。とても食べきれない）。

海雲台区の松亭《ソンジョン》海水浴場のすぐ前にうちの父の小さな書斎があって、私たちはよくそこに遊びに行く。鍵を受け取り、タオルや日用品のようなものを実家から借りてくるついでに、兄夫婦や子供たちまで家族全員が集まって食事をすることがときどきある。父は、家族がそろった食事の場となると晩酌が長くなり、家族はそれをとがめる。ところが、ファン・ソヌは父が勧める酒をぐいぐい飲み、また父にも上手に勧めるので、父はファン・ソヌをとても気に入るようになった。印象がよくて、気さくで、ほんとにいい人だと何度も褒め、この間、釜山で講演があって私ひとりで行った時は、「どうしてソヌは来ないんだ」と残念がった。父は、ファン・ソヌを自分の飲み友達と思っているらしかった。それをファン・ソヌに伝えると、「私、何だか……お婿さんみたいね」と言ってけらけら笑った。娘の友達だからといって肉を焼いてもらい、それを食べ、父と乾杯しながら冗談を言っていれば褒められる。そのうえ、肉もお酒も両親のおごりだ。

考えれば考えるほど、互いの家族にとって私たちは蜜のような甘い存在だった。私たちがそれぞれ結婚していたら、義父母たちとの食事の場はこんなに気楽なものではなかっただろう。婿はもてなされるけれど、嫁はむしろ、義父母をもてなさなければならない雰囲気だからだ。しかも、私たちの位置づけは婿よりも気楽だ。「娘と一緒に暮らす友達」には互いの両親に対する義務はなく、好意を受け取る関係だ。私がファン・ソヌのお母さんが送ってくれた大根の若菜のキムチをおいしく食べたからといって、親孝行のための旅行を計画したり、家の家電製品を買い替えてあげるべきかと悩む必要はない。「お母さんにおいしかったと伝えて！」と言えば済む。

私たちは互いの両親が好きだ。久しぶりに会うとうれしくて、好意に感謝するばかりだ。それはきっと、私たちには友達の両親に何かをしてあげなければならないという義務がないからであり、親孝行は要求されてするものではないからだ。

少し前に母と連絡を取り合う中で、母の眼鏡のつるが壊れたことを知った。今、同居人が勤めている会社は、おしゃれな眼鏡ブランドの「ジェントルモンスター」なのだが、その会社は社員に一定数の眼鏡を無料で提供していて、同居人は自分の割り当てのうちの一つを私の母へのプレゼントに使ってくれた。モデルを選んでもらおうと母にホームページのリンクを送ると、思った以上に高いことを知った母は、こんなものをもらってもいいものかとずいぶんためらっていた。どうせタダなんだからと説得するとようやく眼鏡を選び、それを受け取ると、とてもありがたがって〝証拠写真〟を送ってきた。もし、娘の友達ではなく嫁が眼鏡を送ったとしたら、そこまでためらったり、ありがたがったりはしなかったかもしれない。嫁がそうするのは当然の領域に含まれ、娘の友達がするのは全面的に好意の領域に入るからだ。

好意。これが「本来の気持ち」ではないだろうか。慣習と家族関係と責任と義務で踏みにじられてしまう以前の、好きな友達を産んで育ててくれた両親に抱く親しみの情。この国のすべての嫁、婿、義父母たちの本来の気持ちもこれと同じはずだ。そして、それが歪曲されることなく、本来の気持ちを保ったまま、大根の若菜のキムチと肉をむしゃむしゃいただいている私たちはやはり、幸せなのだと思う。

SUNWOO
ソヌ

かなり近い距離

同居人と私は、互いを見る時間の七〇パーセント以上がパジャマ姿だ。家の外で会ったり、家の中でも外出着を着ていることがあるけれど、大抵、家でくつろいでいる時間は寝る時以外でもパジャマを着ているからだ。ピンクのチェック柄、水色の自動車柄、紺色のしなやかなシルク地のもの……。私たちはふたりともパジャマが好きで、何着も持っている。いつだったか、同居人がパジャマを礼賛するコラムに「くつろぎのためのスーツ」と書いたように、上下揃いの、上質な素材のパジャマを取りそろえて家で着ていると、とても楽だし、気分がいい。

私たちはパジャマを着たままご飯を食べ、本を読み、原稿も書く。もちろん、お化粧をしないで、髪を洗わない日もある。一年に一度、何かの集まりで会う人には、華やかに着飾った私の姿が記憶されるかもしれないけれど、毎日一緒に暮らしている人には、こうやっていちばんかっこ悪い姿を見せるしかない。

毎日会社に出勤する私よりも家で仕事をしているキム・ハナの方が、長時間パジャマを着ている。朝家を出る私に手を振ってくれた時のパジャマ姿のままで、帰宅した私を出迎えてくれることもある。私より体力のない同居人は、私からみると相当長い時間、座ったまま生活している。ポッドキャストの進行役として、華やかな経歴を持つブランドライターとして、聡明さがにじむ魅力的な社会人としての姿を見ている人たちには想像しがたいだろうが、外で使うあのエネルギーを充電するかのように、家ではたびたびぼんやりと寝転んでいる。いちばんひどいのはお酒をたくさん飲んだ翌日で、一日中ほとんど姿を見せず、パジャマ姿のままベッドから起き上がってこなかったり、起きてきたとしてもへジャンククを食べるとすぐに、まだ消化していないうちから部屋に入って横たわっている。一緒に暮らしている私だけには隠しようのない怠惰な姿だけれど、不思議なことに寝転がっている間中ほとんど、本を手放すことはない。

同居人のエッセイ『力を抜く技術』に私は、こんな推薦の辞を書いた。「洗い物や猫の観察を主な日課とし、パジャマ姿のまま一日を過ごしたのではないかと思えても、キム・ハナの考えはとても遠くまで及んでいる」。ごく近くで見ているからほかの人が気づかない怠惰な部分やだらけた姿を目にすることになる一方で、逆にそうやって近くで観察しているからこそ、毎日黙々と誠実に生きている姿も知ることになる。

特に、本をテーマにしたポッドキャストの進行を隔週で任されるようになってから同居人は、ゲストとして招く作家たちと話すために、彼らの作品をほぼ全部読んでいる。熱中しやすいキム・ハナらしく、その中に面白い一節があると興奮しながら私に読んで聞かせてくれ、共感しがたい文章についてはどうやって会話を進めるべきか、ずいぶん悩んだりもする。その番組が面白いというリスナーの反応に触れ、私はポッドキャストの進行がうまいというのは、ただしゃべりが上手とか機転が利くとかの問題ではなく、良質の対話を生み出すための丁寧な準備から生まれるということを知った。『ほぼ正反対の幸せ』（未邦訳）というエッセイを書いたナンダさんを招いた時、同居人は、同じくナンダさんが描いたコミック『アコースティックライフ』を一から十一巻まで〔二〇二〇年六月現在で十四巻まで刊行。未邦訳〕丹念に全部読んだのだが、ページごとに数えきれないほどの付せんが張りつけてあった。

「人生というのは、遠くから見れば喜劇、近くで見れば悲劇だ」という言葉があるけれど、こう変えても通じるみたいだ。「人は遠くから見ればかっこよく見えがちで、近くで見るとつまらない存在に見えがちだ」。十分な距離を取れないから、お互いの情けなくて間抜けな面を見ることになるけれど、それでも私にとって同居人はやっぱりかっこいい人だ。ごまかしがきかないほど近くで、一生懸命生きている姿を見ているからだ。

逆に、私の時間の使い方や生活態度も一つひとつ同居人に見られているという自覚が、あまりにも放漫な生き方にならないよう、私を緊張させてくれる。その証拠に、今日は原稿を一つ書くぞと言っておきながらズルズル引き延ばし、夜になってリビングのテーブルでノートパソコンを開くのは、同居人に情けないと思われたくないという緊張感の表れだ。私がキーボードを打つテーブルの向こう側では、同居人がパジャマを着たまま、連載中のエッセイの挿絵を書くのに苦労していた。鼻炎がひどくなり、片方の鼻の穴にティッシュを細く、長く丸めて差したままだ。今日も私の同居人は、つまらない存在ではなく、尊敬すべきで、まさにそう思える距離にいる。

SUNWOO
ソヌ

ひとりで過ごした一週間

同居人が一週間あまり家を空けることになった。済州島での講演依頼を受けて出張したのだが、その翌週にはお母さんの古希祝いの家族旅行が予定されていて、それまでの何日かを済州島で過ごすことにしたのだ。十か月ほど一緒に暮らす間に私は、海外出張、旅行、あるいは実家への帰省と家を空けることがときどきあったが、反対に同居人が家を空け、私がひとりで残るのは初めてだ。ふたり暮らすにもかなり広い家を、猫たちと私ひとりで占有することになったわけだ。

最初、私は、少し浮かれた気分が態度に出てしまわないよう気を遣う一方で、そんなことをしている自分が不思議でもあった。この間、ふたりで一緒にいて不自由だと思ったことはなかったけれど、久しぶりにひとりで過ごすと思うとわくわくするなんて、まるで既婚者になったような気分だった。

二十代半ばに結婚し、十五年以上結婚生活を続けている私の友人キム・スンヒョンは、何年か前、誕生日プレゼントに何がほしいかという夫の質問にこう答えた。「みんな出かけて、私を煩わさないでちょうだい。家にひとりでいたいのよ」。始終家族と一緒に過ごし、特に子どもの面倒をみなければならない彼女は、プレゼントに洋服やかばん、宝石ではなく、家にひとりでいる時間を望んだ。内向的な性格の人ほど、誰にも会わず、ひとり静かに過ごす時間からエネルギーをもらうというけれど、子育て中の女性がそんな充電時間を持つことは容易ではないだろう。休息の空間であるべき家でもずっと、家族のために家事に追われて動き回り、まともに休めないに違いない。

家族のいる人と単身世帯の差は広がり、ひとりの時間という点において、貧しい者はますます貧しく、富める者はますます富むという状態になっている。狭い家ながらもひとりで、好きなだけ、自由に過ごしていた私としては、「家にひとりいる時間」がプレゼントのように切実にほしくなるなんて、想像の彼方にある、不思議なもの以外の何ものでもなかった。ところが、今では私が似たような境遇に置かれている。切実に望んだことはなかったけれど、サプライズプレゼントみたいに、ひとりでいる時間が与えられたのだ。

会社から帰ってくるとすぐに、スポーツチャンネルをつけた。私たちは、「野球の都」釜山の出身だ。同じチームを応援し、周りの友達もロッテジャイアンツファンが多いので、ときどきは一緒に試合を観ながらビールを飲んだりもするけれど、同居人にはトラウマがあった。熱烈な野球ファンのお父さんと一緒に二十年近く暮らしたせいで、リビングでいつも野球中継が流れているのが嫌になったのだ。勝てば勝ったと言って機嫌がよくなって騒ぎ、負ければ負けたと言って機嫌が悪くなって興奮し、周りの人を困らせる野球ファンをたくさん見てきたから十分に理解できる。

一方、私は、集中して観ない時でも中継を流しておくのが好きで、試合の流れによって解説者の声が高くなったり低くなったり、観客の歓声が大きくなったり小さくなったりするのをホワイトノイズみたいに楽しむ方だ。ひとり過ごす初めての夜、私はジャイアンツの試合中継を全部観てからほかのチームの試合を観て、しかも終わった後には野球ニュースとハイライトまで観て存分に楽しんだ。もうひとりがいなくてがらんとした場所を私は、久しぶりに観るテレビの音で埋めた。

長い秋夕休暇を控え、スケジュールがぎっしり詰まった週だった。同居人のいない間にほかの友達と約束をしようかと思ったけれど、一日中インタビューしたり電話したりと忙しく、家に帰ってきたらぐったりして誰にも会う気になれなかった。会社でうんざりするほどしゃべらないといけない仕事だから、家に帰って誰とも話さなくて済むのは、久しぶりに気が楽でもあった。ひとりでテレビを観て、適当に夕飯を食べ、猫にえさをやってトイレを掃除し、簡単に家の中の掃除と片づけをすると、一日があっという間に過ぎていった。

野球も一日か二日すると、すぐにつまらなくなった。きれい好きの同居人がいない間は適当に散らかして過ごすぞと思っていたけれど、いざとなるとそんな逸脱にもわくわくしなかった。家を一緒にきれいに使うために、主に同居人が作った規則に従うのはそれほど面倒なことでもなく、私の体はすでにその規則になじんでいた。さっさっさっと効率よく最小限の動きで家事をした後、ほとんどの時間を横になって過ごした。家にいる間、誰も私を煩わすことなく、誰も私を心配してくれない穏やかな時間が予想どおり流れていった。ひとり過ごしてきた、あの二十年のように。そうして私は珍しく、ひどい風邪を引いてしまった。

出張と家族旅行のすべての日程を終えた同居人がついに帰ってくる日、金浦《キンポ》空港に迎えに行った。到着を知らせる電光掲示板には「遅延」の文字がずらりと並んでいた。タイヤが破損した機体のせいで済州空港の滑走路が閉鎖され、行き先を変更したり、出発が遅れる便が相次いだのだ。到着ロビーのプラスチックのベンチに座り、しばらく待つ間に考えた。この十か月間、誰かと一緒に暮らしながら私に生じた変化について、そして、この一週間ほど、再び私から消え去っていたそれについて。他人という存在は必然的に互いを煩わせるものであり、時にはタイヤの破損による飛行機の遅延のような予測不可能な事故を起こしたりもする。同居人がいない間、私の生活はとても順調で余裕があり、効率的に回っていった。

だけど、笑いが消えたことはとても重大な喪失だった。私は仕事が忙しく、きつい毎日を過ごしたせいで疲れて風邪を引いたと思っていたけれど、別の仮説が頭をこじ開けて入ってきた。ひょっとすると、ひとりで適当に食事を済ませ、ずっと緊張したまま過ごしていたうえに、いつも家の中を愉快に、そして明るくしていた冗談のスイッチが消えたせいで、免疫力が落ちていたのではないだろうか。日々溜まっていくストレスや緊張、心配事を解消してくれるのは何かものすごいものではなく、他愛ないいたずらやつまらない冗談、くだらない話だ。WANNA ONEの歌、『手に入れたい《カッコシッポ》』には「毎日、一日の終わりにくだらない話をしたいのに」という歌詞がある。誰でも、必要な話だけを交わす間柄ではなく、役に立たない、くだらない話をぶちまけ合える相手をひとりぐらいは持っていたいものだ。

修学旅行から帰ってきてがやがやと解散する中学生たちの間から、彼らと変わらない身長の同居人の丸い顔を見つけた。自転車に乗って転び、膝が割れた時も泣かなかった私が、なぜかすすり泣いていた。また、一日の終わりにバカみたいな冗談を言える人が、くだらない話をできる人が帰ってきた。

SUNWOO
ソヌ

破壊王

手の届く所にあるすべてのものを黄金に変えてしまう力を持ったギリシャ神話のミダスみたいな人がいれば、手の届く所にあるすべてのものを壊してしまう私みたいな人もいる。私の人生を四字熟語で要約すると、チャウ・シンチーの映画のタイトルになる。『破壊之王』（邦題『最強の出前人』、一九九四）。「悲しい／私が愛した場所は／すべて廃屋だ」というファン・ジウ〔一九五二〜。黄芝雨〕の詩の一節も思い出す。もちろん、わざと使えなくしようとしているのではないけれど、ただ、いくつかの要素が化学反応を起こして毎回破壊に至ってしまう。不注意な人はせっかちなだけでなく力も強くて、いつも何がどうなるのか予想できず、ありったけの力を込めた結果、壊してしまうのだ。

整理整頓ができないうえに機械音痴なので、苦労して買った物をうまく管理できず、だめにしてしまうことも度々だ。同居人と一緒に暮らすことになって、わが家には小型のサーキュレーターが二台になったのだが、私は夏が過ぎるとこれを分解してほこりを拭き取り、もう一度組み立てて保管しなければならないということを、同居人を通して初めて知った。何となくそうすべきなんだろうなとは思っていたけれど、いつも夏が終わるとほかのことで忙しく……サーキュレーターを掃除する前にいつの間にか次の夏が来ていた。

そうやって私のもとで使われて故障し、天命を全うできなかった数多くの家電製品の冥福を祈る。猫のおしっこがかかって故障したと推定される除湿器、理由はわからないけれど作動しなくなったコードレス掃除機などが引っ越し後に同居人の主導で処分されたが、使いもしないのに捨てられないでいるノートパソコンがまだ何台かある。物をしょっちゅう壊すうえに捨てられないなんて、この文章を書きながらまさかそんな人がいるなんてと思うけれど、まさにそれが私なのだ。

同居人はというと、私とは正反対で、必要な物だけを買ってちゃんとメンテナンスしながら長く使ううえに、『道具と機械の原理』(邦題『新装版 道具と機械の本――てこからコンピューターまで』、デビッド・マコーレイ著、歌崎秀史訳、岩波書店、二〇一二)のような本を読みふけり、心の底から楽しんでいる。そんな同居人と暮らしながら、私は多くのことを教えられているけれど、立場を変えて考えると、同居人はほんとにやり切れないだろうと思う。

冬を迎えて私たちは、ストーブを一つ買った。私は電気ストーブで十分だと思ったが、同居人は石油ストーブがいいと言い張った。電気抵抗によって起こる偽物の火と本物の炎が揺れるのとでは、趣が違うというのだ。機械を選んで買う時は同居人の意見に従うことに決めたので、私はすぐに同意した。結果は、驚くほど暖かかった。石油ストーブに対する若干の怖さがあったけれど、気をつけて使い、よく換気をすれば問題なかった。

私がこのストーブを愛するようになった理由は二つあり、一つは、ストーブをつけると周りに集まってきて、ゆったりと体を伸ばして暖気を満喫している猫たちの姿で、もう一つは熱い上板に何でも載せて焼いて食べることができるという点だ。やかんを載せてお湯を沸かすとぽっぽっと湯気が立ち上ってロマンティックな冬の家の風景が完成するし、みかんを丸ごと載せて何回か転がすと、ほかほかで香ばしい、焼きイモのような格別の味になる。中でもサツマイモは、ストーブに載せるのにいちばんよく似合う食べ物だ。クッキングホイルで包んだサツマイモを二、三個、三十分ほど載せておけば、ほかほかで口の中でとろける、冬の最高のおやつになる。

ある日の夜、いつものようにストーブの上でサツマイモを焼いていると、何だか焦げ臭いにおいがするような気がした。クッキングホイルが少し足りなくて、何とかぎりぎりサツマイモを包んだのだが、そのすき間から水分が漏れだしていた。においに気づいた同居人が聞いてきた。「焦げ臭いにおいがするけど、サツマイモから何か漏れてるんじゃない？」

なぜそこですぐ正直に言わなかったのか私にもわからないが、何か失敗したらとりあえず隠そうとする人間の習性が思わず出てしまったのではないかと思う。とりあえず様子を見てみようという動物的本能だったかもしれない。とにかく、私はそうやってすぐにばれる嘘をついた。サツマイモを食べてから、ばれる前に拭き取ろうとしたのだけれど……サツマイモの味に酔いしれ、ストーブが汚れているという事実すら忘れてしまうほどずさんな破壊王に、完全犯罪なんてとても無理な話だった。ストーブの焦げつきは、私がこっそり拭き取る前に同居人に発覚してしまった。「これ……もしかすると、さっきから気がついてたのに黙ってたの?」」。後の同居人の回想によると、その瞬間、私の瞳が左右に激しく揺れたらしい。

同居人は何も言わず、キッチンタオルを水で濡らしてきて、ストーブの汚れを拭きはじめた。私がやると言ったけれど、私は破壊王よりさらに悪質な人、嘘を言って信頼を失った破壊王になっていた。どうすることもできず、同居人がストーブと格闘する間、罰を受けて立たされているような気分を味わいながら静かに座っているしかなかった。しばらく苦労していた同居人は、汚れを完全に取り除けないままベイキングソーダと酢を持ってきて汚れた部分に振りかけ、バスルームに入っていった。シャカシャカと規則正しく繰り返される歯磨きの音が、気が気でない私にはなぜか怒りに満ちたものに聞こえた。当然だ。バスルームから出てきた同居人は、再びストーブをこすりはじめた。今度は、サンドペーパーでこするようなざらざらした音が耳元で響きわたった。それでも仕方ない。時間があんなに長く感じられたことはなかった。

キッチンで何かを焦がした時のために、ベイキングソーダと酢の組み合わせを必ず覚えておいてほしい。この二つの化学作用でサツマイモの焦げた跡はきれいに取れ、私はすっかり許してもらえた。そして、生活の知恵を一つ学んだ。私の同居人は、きれい好きな掃除王であるうえに寛容だ。罰として雑巾を洗うこと、今後、ひとりの時はストーブで食べ物を焼いて食べるのは禁止、ということでサツマイモ事件は一件落着した。

ほっとした反面、私はパラレルワールドにひとり住んでいる自分を想像した。そこには、きれい好きの同居人はおらず、ひとりわびしくサツマイモを焼いて食べる破壊王がいて、サツマイモの焦げ跡がついたままだんだん汚れがたまっていき、天寿を全うすることなく捨てられるストーブがあるだろう。ああ、パラレルワールドの冬の風景は、とっ散らかっていて、何ともうすら寂しい。

HANA
ハナ

一緒に住んでよかった

ひとりで暮らしている時は、寝ようと思って横たわっていても家具がきしむ音や玄関の方から誰かの足音が聞こえると、眠気がぱっと吹き飛んだ。ドアや窓を全部ちゃんと閉めたか、猫は無事か、再度確認していざ寝ようとすると、すでに睡眠のリズムは崩れてしまっていた。翌日のために寝ようとすればするほど、頭の中には雑念と不安ばかり募っていく。私がやらかした大小の失敗を思い出して布団を蹴飛ばしたり、明日の仕事で失敗したらどうしようとやる前から怖気づいたり、さっき掃除し忘れた箇所を思い出したりして自らを責めた。眠りはますます遠ざかり、そんな考えは次々と膨らみ、クライマックスへと展開していく。今、付き合っている人たちといつまで仲良くできるだろうか、私は何歳まで働けるだろうか、私が病気になったら猫はどうしよう……。

以前読んだ脳科学の本によると、そういう否定的な考えは脳の閉鎖回路みたいな所に入り込み、消えることなく堂々巡りする。しかも、さらに多くの否定的な考えを引き寄せるという。そんな夜は明け方まで寝付けず、翌日は一日中、眠そうな目をこすりながら、疲れを引きずって過ごした。私は友達に「向かいの部屋に、誰か同居人でもいればいいのにな」と打ち明けたりもした。家の中にひとりでいて、家の安全と危険が全面的に自分ひとりの責任であるという事実は、不安と疲労を増幅させた。ひとり暮らしには、まるで一年中ボイラーを焚いていているみたいに、不必要なことに備えてエネルギーを消耗しているようなところがあった。

誰かと一緒に暮らすようになってよかったことの一つは、相手が気分転換の強力な要因になるということだ。必要以上に考えたり、不安に脅かされることが明らかに減った。果物をむいて食べながら交わす短い会話一つで、憂鬱な気分や不安を知らないうちに払いのけることができるし、一緒に住んでいればそういうことがしょっちゅうあるので、否定的な感情にとらわれている暇がなくなる。

家の中に誰かがいるという事実だけで得られる心の平和みたいなものもある。いや、必ずしも家の中にいなくてもいい。誰かがいつも家に帰ってくるという事実だけでも十分だ。最初に明かしたように、私は長い間ひとり暮らしが本当に好きで、テレビを一度もつけなくても、一日中楽しく過ごせていたのに。

それはまるで、ひとり旅をしている途中で誰かと行動を共にすることになった途端にほっとし、その時になってはじめて、それまでどれだけ緊張し、神経を尖らせていたかに気づくのと似ていた。驚いたことに、同居をはじめるとすぐに私の不眠はきれいさっぱり消えた。あんまりよく眠れるようになって心配になるほどだったが、それは同居人も同じだった。

ところで、気分転換になるところまではいいけれど、同居人は私の注意力をごっそり奪っていくことがたびたびある。ファン・ソヌは手が届く所にある物に触れるたびに、破損したり、汚したり、故障させたりする、その名も恐ろしい破壊王だからだ。家の中のこっちでぶつかり、あっちで何かをこぼして回っているファン・ソヌは、まだ大人になっていないゴールデンレトリバーみたいだ。図体が大きくて明るくて単純なボーイフレンドのことを「大型犬ボーイフレンド」と言ったりするが、私は「大型犬ガールフレンド」と一緒に住んでいるような気分だ。

物を壊すのは、まあ仕方ないかなと思うけれど、この大型犬はけがをしたりするから心配だ。同居人がベランダに置いてある猫のトイレを掃除して立ち上がった時に水道の蛇口に腰を強くぶつけ、あまりの痛さに転げ回ったことがあった。それで私は、テニスボールに切り込みを入れて蛇口にはめ、安全装置を施した。そして、ファン・ソヌがぶつけそうな鋭利な角をあちこち、テニスボールを使って保護したのだが、わが家ではこの作業を「ウィルスニング」と呼んでいる。そのテニスボールがウィルソンのものだからだ。

　ウィルスニングができない家の外でも、破壊王の自損事故が起きたりする。一緒に済州旅行に行った時、ハーフマラソンの出場準備をすると言って朝早くオルレ〔もともとは済州島にある通りから家に通じる狭い路地のこと。二〇〇七年からトレッキングコースとして整備され、コースの数は二〇二〇年九月現在で二十六〕を走りに出かけたファン・ソヌが、いつまで経っても帰ってこないので不安になりはじめた頃、部屋のドアをたたく音がした。鍵を開けると、ファン・ソヌが、ドアを十センチ以上開かないように押さえながら、驚かないでねと念を押した。ドアを大きく開くと体の半分が泥まみれで血だらけだった。その瞬間、あまりにも驚いて涙がぼろぼろこぼれた。ぬかるみで滑って転び、膝がぽこんとへこみ、あちこち擦りむけていた。その日から私は毎朝、びっこを引きながら西帰浦（ソギポ）のクリニックに立ち寄って手当てを受けるファン・ソヌに付き添うことになった。それ以降は、そんなことは起こらないと思っていた。私たちは、飛び回って転んだりするような子どもではなかったから。ところがなんと、ファン・ソヌは自転車に乗って転んで膝を割り、会社のトイレのドアで足首をけがして十一針縫うなど、忘れた頃にまた私の注意力を奪い、そのたびに私は驚いて泣いた。大人になってまで転んでぶつかってけがをする人がいるとは、そして、友達がけがをしたことで泣くことになるとは思いもしなかった。

そうやってけがをすることを除けば、ファン・ソヌは私の人生で最も望ましい気分転換の要因となった。私はいつも体を動かしている人が好きだった。その活気と上気した顔からのぞいて見える健康なエネルギーが。家の中のあちこちに体をぶつけながらストレッチしたり、筋肉を鍛えたり、レギンスをはいて飛び出して家の前のスポーツセンターでバレエ、体力づくり、ヨガなどを習うレトリバー、いや人がいると、その隣にいる人にも活力が伝染する。一緒に暮らすといいなと思った理由の中には、いつも体を動かしているファン・ソヌの健康なエネルギーのオーラに触れ、影響を受けたいという気持ちもあった。

十五年以上、西村や三清洞など西大門《ソデムン》〔朝鮮王朝時代に建造された石造城郭、漢陽都城の西門（敦義門）の別称。日本の植民地時代に撤去された〕の内側で暮らしていた私に、エネルギーあふれる同居人と長く伸びる漢江のほとりという新しい環境がもたらされると、変化が続いた。いつも本を手に路地を歩くのが好きだった私が、水泳を習い、本格的に自転車に乗りはじめた。ある事件のせいで水泳を中断するまで私は、バタフライを習う上級クラスに進級し、自転車は漢江沿いを三十から五十キロも軽やかに走るほどになった。やっぱり、人は意志だけで変われるものではない！　誰と一緒に暮らすのか、どこで暮らすのかということは、人生における重大な要因だ。

ここでちょっと、私が自転車に乗っていた日の話をしよう。ペダルをこいでいたら同居人から電話がかかってきたので、自転車を止めた。

「自転車に乗ってるんだね。今どこ？」

すでに暗くなっていて、ここはどこだろうと辺りを見回すと、川の向こう側に「中央大学病院」というネオンサインが見えたので、こう答えた。

「うん、私たちが肥満判定を受けた病院の近く……」

エネルギッシュに動き回ってはいるけれど、その分エネルギッシュに食べてもいるので、同居してから初めての健康診断で、私たちはそろって肥満判定を受けてしまったのだ……。それぐらい私たちはよく食べ、よく動き、よく寝ている。もちろん、もう少し食べるのを減らして、もっと体を動かす必要があるみたいだけれど。

同居人は体力があるうえに、根っからまじめな人だ。そして、四十を過ぎると体力とまじめさは直結する。いくらまじめでいたくても、体力がついてこなければどうしようもない。一緒にお酒を飲んだ翌日、私が遅く起きてヘジャンクを食べ、またベッドに這いあがってうんうん唸っている時も、同居人は早々と出勤して家にいなかったり、休日の場合は、とっくにしゃんと起きて家事をし、あげくの果てにはランニングに出かけていたりもする。だから、私はいい意味で顔色をうかがうことになる。

布団から出たくないほど寒い朝でも、同居人に意志薄弱だと思われるのが嫌でプールに出かける。書かなければならない原稿を放ったらかしにしたまま一日中ごろごろしていたい日も、同居人に恥ずかしいからノートパソコンを開く。

家に尊敬すべき人がいるということは、ガミガミ言う人がいるよりも千倍モチベーションが高まる。そうやって同居人の目を気にして無理やりやったことは全部自分のものになる。より高い体力、より多くの成果がより大きい充実感とエネルギーとなって自分のところに戻ってくるのだ。私はときどき、私のお手本になってくれる同居人の存在自体をありがたく思う。

同居人は二十年間、雑誌業界で仕事をし、そのうち十三年は一つの雑誌に携わっていた。創刊号から十三年間、毎月きちんと一冊ずつ雑誌を作り、突出したクオリティーの記事を書き、インタビューをし、グラビアや映像の撮影をし、小手先でごまかすことなくこつこつと仕事をしてきた。私は毎月近くで見守ってきたから、それを証言できる。

ファン・ソヌが『W Korea』のディレクターを辞めて二か月休み（その二か月の間に、ふたりで一緒にハワイやホアヒンに行って思い切り遊んだ）、新しい会社に初出勤した日、私は自分から申し出て会社の前まで車で送っていった。新しい職場に入っていく後ろ姿を見つめながら、私は心から拍手を送りたい気持ちだった。まじめでエネルギッシュで信頼できる、私の大型犬同居人に。

SUNWOO
ソヌ

望遠洞生活と自転車

「走ってたらやめられなくなって！」

一時期、私が会社から帰ってくると同居人が、その日自転車に乗ってどれだけ遠くまで行ってきたのかをうきうきした顔で報告することが続いた。その距離は、城山《ソンサン》大橋のそばにある望遠洞の私たちの家から出発し、銅雀《トンジャク》大橋、聖《ソン》水《ス》大橋、清潭《チョンダム》大橋とだんだん遠くなっていった。日差しがあんまり気持ちよくて、頬をなでる風が爽やかだったから、頭の上に広がる雲の形がきれいだったから、プロジェクトが一つ終わったうれしさを抑えきれなくて、「ハワイデリバリー」リストの音楽があんまりかっこよかったから……。ペダルを踏むのをとてもやめられなかったという理由は日によってさまざまだった。

「ソウルの遊び方をそれなりにわかっていると思ってたけど、今日、あらためて知ったことがあった」。潜水橋〔増水すると水面下に沈んでしまう低い橋〕の中間にある坂を越えて両側に川を見ながらざーっと下っていき、漢江の真ん中で止まって夕焼けを見ているとどれだけすてきな気分になれるかを話す同居人の目は輝いていた。ウェイトトレーニングやランニングのように、私が生きるために欠かさない「運動のための運動」は単調だと言うキム・ハナだが、自転車に関しては、すでに自分だけの記録を更新しつづけている。道具のせいにしない職人のように、十年以上使っている古い自転車は同居人にとって何の問題にもならなかった。

望遠洞に引っ越すことに決め、前もってここに慣れるためによく来ていた頃にわかったことだが、この町を特徴づけるものの一つは、北京やアムステルダムで見かけた自転車のある風景だった。私が前に住んでいた上水洞に比べると、望遠洞は面積が広く、坂がほとんどない平地なので、自転車に乗って行き来しやすい。そのうえ、町の中心に市場があって、おばさんやおばあさんも悠々と自転車に乗って買い物をして回る姿をあちこちで見かける。ちょっとへこんだ前かごから白ネギがはみだしていたり、ジャガイモをどっさり積んでゆっくり走る古い自転車は、望遠洞は長く住むのにいい町だという印象を与えてくれた。

引っ越してきてみると、クリーニング屋のおじさんも山のように袋に詰めたコートやシャツを肩から背負い、まるで曲芸のように軽やかに、片手で自転車に乗って配達していた。ここは望遠洞だから。

だから、望遠洞で一緒に暮らして一年が過ぎた時に迎えたキム・ハナの誕生日プレゼントは、新しい自転車ほどぴったりのものはなかった。ほしいブランドを決めた後、ふたりで一緒にタクシーに乗ってその店に行き、モデルを選んで私が支払いをした。つやつやした黒のティティカカ〔二〇〇六年創業の自転車メーカー「バイキー」の折り畳み式自転車〕を手に入れたキム・ハナはどれだけうれしかったのか、地下鉄の駅四つ分ほど離れたわが家までそれに乗ってひとりで帰っていった。一片の迷いもなく私をその場に残し、ビュンと風を立てながら（キム・ハナの誕生日は十二月十六日で、その年の寒波は本当に厳しかった）。

一緒に楽しく風を切って走れたらよかったけれど、実は私は、自転車に対して少し恐怖心を抱いていた。キム・ハナの前の自転車と同じで十年ほど経った私の自転車は、タイヤがとても小さくて安定感がなく、ハンドルを少し切ると必要以上に揺れた。急に路地から車が飛び出してきたり、近所の子どもたちが私に向かって突進してくると、すっとかわすのは難しく、急ブレーキをかけなければならなかった。しかも、それに乗ってヘジャンククを食べに行き、激しく転んで膝を擦りむいてからはより慎重になった。

そういうわけで、翌春の私の誕生日プレゼントとして自転車ほどふさわしいものはなかったと思う。そして、なぜか数か月先延ばしにしたあげく、お願いだからプレゼントを受け取ってという同居人に引っ張られるように地下鉄の駅四つ分離れたあの自転車屋に行き、同居人のとよく似たモデルを選んだ。颯爽と乗って帰る自信がなかったので、折り畳んだまま車に乗せて帰った。

新しい自転車を手に入れた年の秋、私は「正直、ちょっと変じゃない？」と常に思っていた部類の人になっていた。自転車通勤する人のことだ。でも、よく考えてみたら、自転車は、わが家から会社までのいちばん早い移動手段だった。バスに乗ると三十分かかり、近すぎて通勤時間帯にはタクシーを呼ぶのも難しい距離だが、自転車は十五分で私を会社に連れていってくれる。

しかも私は、達人でも何でもない初心者だったので、好きなだけ道具のせいにすることもできたけど、性能のいい新しい自転車に替えると、乗ることに対する恐怖心がなくなった。障害物が現れても、スピードを調節してすんなりかわすことができるし、少しぐらいの坂道なら七段変速ギアがあれば軽々だった。

上り坂で爆発的な力を発揮する私のたくましい太ももがいとおしく思えるようになった。どうしてこんないいことを今までやらずにいたんだろう。まるで、ベッドがあるのに横たわらず、座って生活してきた人みたいに思えた。

車を運転する時、バスに乗る時、世の中はそれぞれ違ったスピードと構図で視野に入ってくる。中でも自転車が与えてくれる感覚は、ドルビーアトモス〔アメリカのドルビーラボラトリーズが開発した立体音響方式。映画館やホームシアターに採用されていて迫力のある臨場感が味わえる〕みたいに力強い。通勤路を照らす朝日はあまりにも暖かく、信号待ちの間に通り過ぎる秋風はこのうえなくすがすがしかった。翌朝、自転車に乗るのだと思うと、出勤時間が待ち遠しいほどだった。私は悟った。ああ、だからキム・ハナはやめられなかったんだ、清潭大橋まで四十キロを走ってしまうんだなと。

自転車より安いプレゼントはいくらでもあるけれど、これほど豊富な話題を提供してくれるものはほかにはないだろう。私たちは漢江を、近所の路地を、いい天気を、たくましい太ももを、楽しい通勤を、少し変わり者の互いを理解する気持ちを贈り合った。

SUNWOO
ソヌ

私たちが別れるなら

キム・ハナと派手にけんかして怒りが収まらない時、こっそりやっていることがある。不動産サイトで物件を探すのだ。「これまでだってひとりでちゃんと生きてきたんだから。本当に難しくなったら別々に暮らせばいい！」と息巻きながら、今住んでいる所よりも小さい、ひとりで住むのにちょうどよさそうな二十坪〔約六十六平方メートル〕以下のマンションを調べる。いつかはそんな日が来るかもしれない。本当に大げんかしたり、どちらかが結婚したり、互いの人生の航路に変更が生じて別々に暮らすようになる日が。その時のために、上手に別れるための原則みたいなものを立てておいた方がよさそうだ。いつか訪れる死に備えて前もって遺言状を書いておくといいだろうなと思うみたいに、今はただ考えているだけだけれど。

一緒に暮らすようになった時、ダブっていれば処分して一つずつ残した物はもともと持っていた方が持っていけばいい。家具大工だったファン・ヨンジュが作った本棚はキム・ハナに、白のフレームがかっこよくて残した私のテレビと引っ越し記念に私の母が買ってくれた冷蔵庫は私に、キム・ハナのお母さんが買ってくれた空気清浄機はキム・ハナの元へと。ふたりでお金を出し合って買った家具やプレゼントとしてもらった物の行方は、ちょっと悩ましい。リビングのテーブルとひじ掛け椅子のセット、一緒に選んだ照明とカシワバゴムノキには、共通の趣味と私たちの生活によって付け加えられたエピソードや物語が詰まっている。その物により愛着があってより大事にしている人が一つずつ持っていくことになるんだろうなと思いながらも、物語が突然結末を迎える光景を想像すると、破産した家の部屋中に差し押さえの紙が貼られたのを見たようなわびしい気持ちになる。

「先に、どちらかが一方的に関係を壊したはず。互いに我慢して我慢しきれなくなったとか、運命的な恋に落ちてしまったとか。そうやって先に出ていくと言う人が、家の中の物に対する権利をきれいさっぱり放棄すべきだよ！」

　この文章を書きながらキム・ハナの意見を聞いてみると、明快にそう答えた。自分は絶対に先に関係を壊す方にはならないと確信しているようだ。物に対する執着心が私よりずっと強いからかもしれない。いずれにしても、どちらかがこの家を去った後、どちらかが残ってルームメイトを探し、ここで暮らしつづける気がないのは明らかだ。家を処分して、そのお金を折半してそれぞれが暮らす家を探すことになるだろう。

物がどうなるかは別として、どこかに書き留めておくべき最も重要な原則については意見が一致している。互いにいつでも猫に会える距離に住まなければならないということだ。それは、人のための原則でもあり、猫のための原則でもある。何年か家族として暮らす間に猫と人間の関係も深まり、キム・ハナの猫だったハクとティガー、私の猫だったゴロとヨンベは今ではそれぞれにとってかけがえのない存在だ。人間の勝手で会えなくなるのは人にとっても大きな悲しみだけれど、説明を聞くことのできない猫たちには、ものすごく理不尽なことになるだろうから。

旅行や出張で家を空ける時に猫を預かってくれる友達はそれぞれいるが、お互いに何年もそばで見守ってきた私たちほど最適な代理世話人はいない。この猫が膀胱の手術を受けたこと、浴槽に入って座り込んだらのどが渇いているサインだから十分に水が飲めるよう蛇口をひねってあげなければならないこと、えさをあげすぎると急いで食べて吐き出してしまうこと、中途半端な姿勢で歩いている時は便が出なくて調子が悪いということなどをよく知ったうえで面倒を見ることのできる人はほかにはいない。

この辺りの物件の価格を調べてみるといつも高い。引っ越しがどれだけ面倒か、それにまたあれこれ新しく買わなければならないし……そう思うと結局煩わしくなって、やっぱりキム・ハナと仲良く暮らさなきゃという気持ちになる。仲直りすると、余計にそう思う。「いいときにはとてもいいものです」（『村上春樹 雑文集』新潮社、二〇一一）。結婚生活に対する村上春樹の言葉のように、私たちもいい時はとてもいい。他愛もない冗談に笑い、互いの趣味を広げてくれる音楽をかけながらバカみたいな踊りを一緒に踊り、落ち込んだ日の終わりに私を慰め、私はよく頑張っていると思わせてくれる、そんな誰かにまた出会えるかどうかわからない。人生にそんな幸運が何度も訪れるだろうか。いや、たとえ出会ったとしても、またこうしてお互いに合わせる努力をし、けんかして、ふたり分の荷物をまとめながら捨てて、あるいは捨てられずにけんかして……譲り合いながら生活していかなければならないと思うと、やっぱりやる気が出ない。何よりも、猫が二匹ずつに別れて、ハクとティガー、ゴロとヨンベが永遠に会えなくなるなんて、どうやってあの子たちに説明するというのか。とてもできそうにない。

私たちにもいつか終わりが来るだろうけれど、できる限り引き延ばしたい。

私はわが家の家具や所帯道具をあきらめる気はない。

HANA
ハナ

家族ともっと大きな家族

　猫が四匹だと何度も書いたけれど、実はそれで全部ではない。クルもいてモモもいる。わが家の二階下に住んでいるイ・アリ夫婦が飼っている猫だ。すぐ近くに住んでいるイラストレーター、キム・ホさんのところのマンゴーもいる。猫だけでなく犬もいる。ファン・ヨンジュのところのタックンに、近所の韓方医〔中国から伝わり、朝鮮半島で発展した東洋医学の医師〕ホン・イエウォン院長のところのヤッコム。顔と性格を知っている愛犬、愛猫が身近に何匹もいる。旅行で家を空ける時は、互いにその家に行って猫のトイレを掃除したり、犬を散歩させる。

　よく旅行に行くチョル君ナッピョルが長期間家を空けると、私たちは彼らの家に行って観葉植物に水をあげる。私たちが家を空けると、同じマンションに住むイ・アリやチョル君ナッピョル夫婦がわが家の猫の面倒を見てくれる。ファン・ヨンジュが老犬のタックンを連れて一週間に一、二度病院に行く時は、私が車で送り迎えする。柴犬のミックス犬の赤ちゃん、ヤッコムが動物保護団体ＫＡＲＡを通してホン・イェウォン院長の家に来た時、そのかわいらしさに近所中のうわさになったのも私たちの歴史で、みんな、近所のワインバー「バルセロナ」で事あるごとに出くわす人たちだ。

近くのカフェの話もしないわけにはいかない。私が望遠洞でいちばん好きな二軒のカフェは、スモールコーヒーとデルコーヒー。こぢんまりしてすてきなカフェだ。スモールコーヒーの社長が突然、海苔をくれたことがある。その海苔でご飯を巻いて食べながら、この町はほんとにあったかくて人情味にあふれてるなと思った。

こんなこともあった。合井にあるレストランでファン・ソヌを降ろし、駐車する場所がなくて近くのショッピングモールに車を止めて出てきた時だった。ショッピングモールに入ろうとしている人たちが私に向かってあいさつをするのでよく見てみるとデルコーヒーの社長夫婦だった。「これから近くのレストランにラザニアを食べに行くんですけど、車を止めにきたんです」「あ、あそこはおいしいですよ！」と少し言葉を交わしてから別れた。レストランで料理を待っていると、誰かが近づいてきた。デルコーヒーの社長夫婦だった。

「ショッピングモールでわざわざ何か買わなくてもいいですよ」と言って自分たちのレシートをくれ、消えていった。駐車料金を払わなくてもいいように配慮してくれたのだ。世の中にこんなありがたいことがあるだろうか。

　私たちは孤独ではない。望遠洞の好意的でゆるやかなネットワークの中にW^2C^4という一つのモジュールとして存在している。血縁だという理由だけでときどき顔を合わせる親戚より、もっと親しくてうれしい存在だ。そして、血縁だという理由だけで気を遣い合う関係よりも、あっさりしていて温かい。

　少し前、出勤途中のチョル君が、義理の両親からジャガイモと玉ねぎが送られてきたと言って、「エレベーター宅配」でわが家に届けてくれた。「エレベーター宅配」というのは、チョル君宅とわが家の間で物をやりとりする方法で、人は乗らず、物だけをエレベーターに載せて送るシステムだ。いつだったか、夜遅い時間に帰ってきて、もらい物のケーキをチョル君の家におすそ分けしたかったのだけれど、楽な格好でくつろいでいる人たちの邪魔をしたくないなと思い、「今、エレベーターに載せるから、受け取ってね！」と言ってやりとりしたのが始まりだ。その後、何度も果物、ワイン、おかず、本などをエレベーターに載せた。

チョル君から今載せたとメッセージを受け取った後、わが家の階に到着したエレベーターの扉がぱっと開くと、ジャガイモと玉ねぎがどっさりポリ袋に入っていた。そして、私たちの分を取って、残りはバルセロナに持っていってほしいと頼まれた。バルセロナができる前から私が互いを紹介したチョル君とファン・ヨンジュは、もう十数年来の友達だ。自転車に乗ってジャガイモと玉ねぎを配達すると、二日後にファン・ヨンジュから連絡があった。もらったジャガイモと玉ねぎでカレーをたっぷり作ったから食べに来てというのだった。チョル君の義理の両親が送ってくれたジャガイモと玉ねぎはファン・ヨンジュのカレーライスになり、そうやっていろいろな物が近所で循環している。

マンションの友達には、チョル君ナッピョル夫婦だけじゃなく、ほかの夫婦もいる。前に書いたイ・アリ、キム・ハンソン夫婦で、私たちはふたりを「アリセオン」夫婦と呼んでいる。アリセオン夫婦が同僚たちと一緒に運営しているデザインスタジオ「バトン」は、私も前に一緒に仕事をしたことのある会社だ。彼らも以前、西村に住んでいて互いに行き来しながら親しくなったのだけれど、私と知り合う前からイ・アリはファン・ソヌの友達だった。

グラフィックデザイナーのイ・アリは、私が退職した後、TBWAコリアでインターンをしていたことがあってチョル君とも知り合いだ。イ・アリもチョル君のマンションを見て気に入り、引っ越してきたパターンだ。一棟、五十五世帯しかいないマンションのうち三世帯が友達同士というわけだ。二階真下に住んでいるアリセオン夫婦とは「エレベーター宅配」を使う必要もない。彼らとは「ドアノブ宅配」を利用する。「ドアに掛けといたよ」とメッセージを送る方式だ。アリセオン夫婦には猫も二匹いるので、旅行の時に猫の世話を頼むのも心強いし、家が近いから負担も少ない。

アリセオン夫婦の事務所は、バルセロナが入っているビルにある（スタッフが増えて、もうすぐ引っ越す予定だそうだ）。なぜそうなったかと言うと、そのビルの持ち主が私の先輩で、私たちはみんな飲み友達でお互いを知っているからだ。飲み友達は私の友達、あなたの友達と区別しない。ファン・ヨンジュのカレーライスを食べにバルセロナに行った時も、アリセオン夫婦が仕事関係の人たちと一緒に飲んでいた。

先週の土曜日、ナッピョルが出張に行ったというので、私と同居人は夕飯を一緒に食べようとチョル君を誘った。三人で近所をぶらぶら歩き、ギョーザ鍋を食べた後、バルセロナに行った。その日、私はいいことがあって、ワインをおごりたい気分だったからだ。結局、我も我もとワインをおごり合い、いつものごとく遅くまで飲みつづけた。夜が深まると、仕事を終えたアリセオン夫婦がすっと現れた。私たちは自然に合流し、お酒を飲んだ。夜中の一時ごろにお開きになり、ファン・ヨンジュにあいさつをした後、同じマンションに住む私たち五人は徒歩二、三十分の道を家に向かって歩きはじめた。

本当に天気のいい秋の夜で、すっかりお酒に酔って友達と一緒に歩いていると、ものすごく気分がよかった。タクシーに乗せて見送るのではなく、家の真ん前で別れるだなんて、一つの村に住んでいた昔の人たちみたいに親しい関係だ。田舎から送られてきたジャガイモと玉ねぎはカレーになり、ご近所さんと分け合って食べ、一週間の仕事を終えたご近所さんが自然に集まり、互いの背中をたたいて慰労し合う。互いの猫と犬を世話し、ちょっとしたことを気遣い合う。私たちは、人生のとてもいい時期を一緒に過ごしているように思う。そして、私は今、チョル君の義理の両親が送ってくれた香ばしい落花生を食べながらこの文章を書いている。

SUNWOO
ソヌ

今、そばにいる人が私の家族です

冬に差しかかった頃、会社の管理部門から一斉メールを受け取った。医療費の助成があるので、十一月中にインフルエンザの予防接種を受けるようにという内容だった。インフルエンザにかかって重症になったら仕事ができなくなるだけでなく、ほかの社員にもうつる可能性があるので予防しようというわけだ。うちの会社の場合、インフルエンザの予防接種は社員本人以外に同じ家に住んでいる家族の分も助成されるのだが、接触によってうつる可能性がある疾患なので、家族にも接種を奨励するのは合理的だ。会社から指定された近所の内科で注射を受けて腕に痛みを感じながら帰る途中、私は同居人にもこの予防注射を受けさせてあげられたらいいのに、そしてそれが正しいことだと思った。家族関係登録簿〔二〇〇八年の法改正によって家単位でまとめられていた戸籍制度が廃止され、家族関係が個人単位で登録される家族関係登録簿制度に変更された〕には載っていないが、私と一緒に住んでいる実質的な家族だからだ。

恋人と一緒に住んでいる友人がいる。ふたりは結婚を望んでいないけれど、犬一匹を一緒に飼いながら何年も生計を共にしている。ある日の早朝、恋人が救急病院に運ばれ、そのまま入院して手術を受けることになった時、友人は保護者として付き添い、何日か看病した。でも、患者との関係を尋ねる書類には家族関係を示す項目しかなかったので、「知人」と書くしかなかった。家に届く書留郵便を受け取る時も同じで、法律上、呼び名のない対象となる友人は、日常生活の些細なことでもあいまいな関係の中に置かれてしまうという。

このように書類では分類できない関係が明らかに現存する。もし私が今、突然病気になったり手術を受けなければならないとしたら、釜山に暮らす年老いた母を呼ぶよりもすぐそばにいる同居人に保護者の役割をお願いするだろうし、私も同居人の保護者の役割をする準備ができている。病院で書類を書く時、ただの「友人」よりも互いにもっと責任と義務を負う関係を説明できる言葉ができれば、私たちやその友人のケースをすべて包括できると思うのだが、たとえば、「生活同伴者」みたいなのはどうだろうか。

指定した同伴者に対する所得税控除、健康保険被扶養者登録、医療記録の閲覧権などを許可する生活同伴者法が今、そういった必要性から議論されているところだ。結婚せずに一緒に暮らすパートナーが税金と福祉の恩恵を受けられるよう、すでにフランスで施行されている「民事連帯協約（ＰＡＣＳ）」のような制度だ。

勤め人は年末調整の時、一年に十万ウォンまでの政治献金が還付されるが、私は毎年、私の利益を代弁してくれる女性政治家ひとりに十万ウォンの政治献金をすることを儀式のように続けている。そして、何年か前には、生活同伴者法の発議を推進する、「共に民主党」のチン・ソンミ議員に政治献金を送った。生活同伴者法は既存の家族関係を否定したり、揺るがしたりするものではないかという質問に、チン・ソンミ議員はこう答えた。「既存の家族関係を脅かしているのは特定の制度ではなく、家族構成員が互いの面倒を見ながら暮らすことができないようにしている融通の利かない現実です。生活同伴者法は人々が互いに助け合い家族として暮らせるよう奨励する家族奨励法案です」

単身世帯はますます増えていて、これからもっとそうなるだろう。人々の生活実態は、法や制度、観念よりも早く変化する。一つの職場で定年まで勤め、一つの職業を一生守り抜いてきた雇用と労働のパラダイムが崩れたように、婚姻や血縁によって結ばれている伝統的な家族の形に合わない家族の姿がきっと増えることだろう。

しかも、平均寿命は次第に伸びて百歳を見込むまでになっている。結婚せずに一緒に暮らすカップルだけでなく、結婚していても離婚や死別によってひとりになった中高年も増えるだろうし、私と同居人のように同性の友達同士で互いを頼りにしながら生きていくこともある。ならば、福祉政策はどんな方向に進むべきか。ゆるやかな形で集まって暮らすパートナーや気の合う誰かと一緒に生活する場合も、互いの保護者の役割を十分に果たせるような方向になればいいと思う。

生涯を約束し、結婚というしっかりした形で互いを縛る決断を下すのはもちろん美しいことだ。でも、たとえそうでなくても、ひとりの人生のある時期に互いの面倒を見て支え合える関係性があるとしたら、それはまた十分に温かいことではないか。個人が喜んで誰かの福祉になるためには、法と制度の助けが必要だ。以前とは違う多様な形の家族が、より強く結ばれ、もっと健康になれば、その集合体である社会の幸福度も高まるだろう。

1. ひとり酒を楽しんでいた人は今や、いちばん好きな飲み友達と一緒に暮らしている。
2. 小さい人と大きな猫。

1

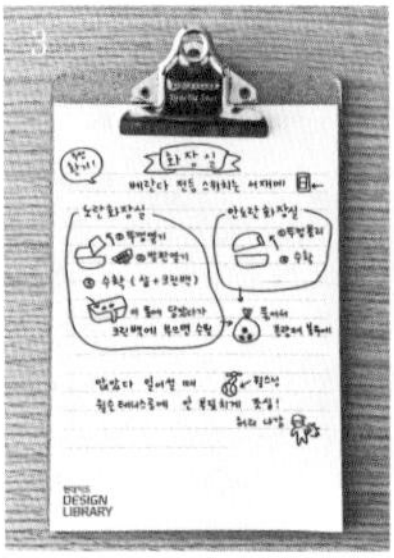

3

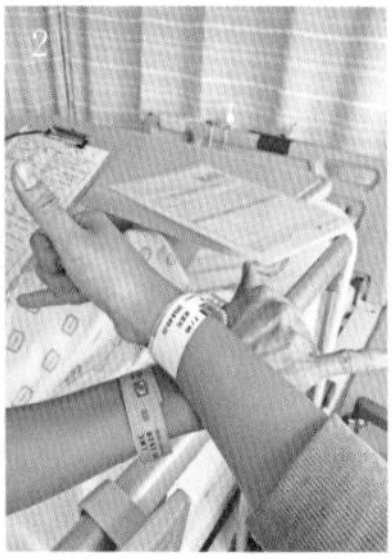
2

1. 私たちは半年違いの互いの誕生日に自転車をプレゼントし合った。
2. 入院着を着て、患者と第一保護者の腕輪をはめ、音楽フェススタイルで記念写真を撮ってみた。
3. 家を空ける時、隣人たちに書いて渡すマニュアル。「猫をお願い」

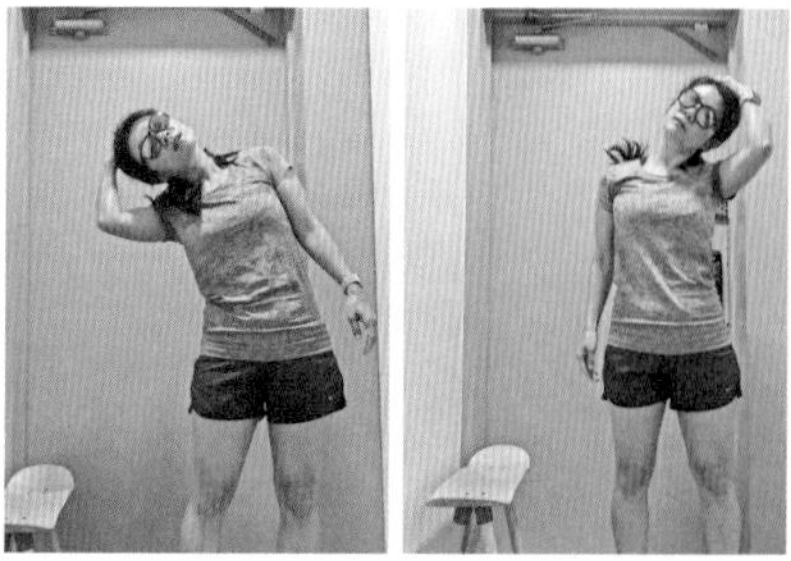

漢江の近くに住み、走りに行ったり、
自転車に乗ったりするのもいい。

「もっと大きい家族」。喜びは分かち合えば２倍になる。
この本が出たら私たちはまたパーティーをするだろう。

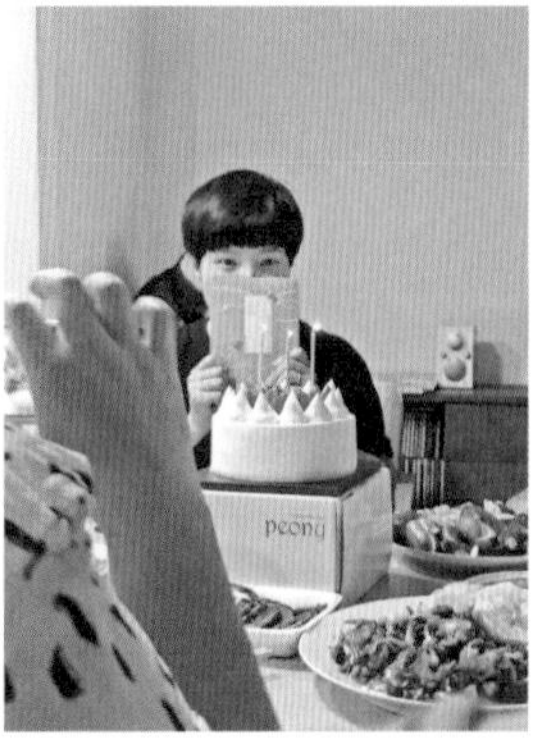
peony

I AM NOT ALONE

1

1. チョル君ナッピョル夫婦と旅行に行った日、突然ソーセージとジャーキーを持って彼らの部屋に押しかけた後、のど自慢大会が始まった。
2. 自転車で通勤するためにヘルメットをかぶって家を出る主人。

訳者解説

　本書は、ソウルに住む女性ふたりの共同生活記である。三十代半ばに知り合ったふたりは意気投合し、四十歳を前に共同名義のマンションを購入してローンを返済しながら暮らしている。二〇一九年に韓国のウィズダムハウスから刊行されて以来、同世代の女性を中心に幅広い支持を得ており、刊行以来四万六千部を売り上げている。元コピーライター（キム・ハナ）と元ファッションエディター（ファン・ソヌ）という著者ならではのユーモアとセンスにあふれた文章も人気の理由の一つだろう。

　著者ふたりの詳しいプロフィールは本文中にも出てくるので省略するが、ファン・ソヌは現在、フリーランスとしてファッション雑誌のコラムやウェブマガジンのインタビューなどを連載中。キム・ハナは二〇二〇年六月に、単著『話すことを話す』を出して書くこと、話すことを精力的に続けている。

　本書は、ふたり暮らしのよい面だけでなく困った面が包み隠さず書かれているのも好感ポイントだと思うのだが、それが原因で大げんかになったこともあったそうだ。ファン・ソヌが住んでいた上水洞《サンスドン》の家の散らかりっぷりを暴露した「巣《ねぐら》のような君の家」（百十七頁）を巡って「ここまで人の恥部をさらすことはないのではいか」とファン・ソヌが強く反発したらしい。結果的にキム・ハナが、「読者はあなたの人間味に魅力を感じるはず」と説得して丸く収まったそうなのだが、実際、そんなファン・ソヌのちょっとダメな部分に共感し、キム・ハナのどこまでも前向きな姿勢に励まされる読者も多いことだろう。

大げんかはそれだけでは済まない。あまりにも気が合うと思っていたふたりは、一緒に暮らすうちに実は全く正反対の性格であることに気づき、そのことが原因で何度も激しくけんかする。そうして、相手の姿を通して自分を見つめ直し、けんかの技術を磨き、互いに信頼できる存在であり続けるために努力する――友人同士だろうが、夫婦だろうが、仕事仲間だろうが、人が誰かとある程度近い距離で生きていくためには避けて通れない普遍的なテーマが、飾ることなく語られているのも魅力だ。

しかし何と言っても、本書が韓国の多くの女性たちに受け入れられたのは、「シングルでも結婚でもない、分子式家族」という新しい生き方の可能性を示したからだ。ふたりは、友情と信頼をベースに「家族」として互いに支え合って生きていくことを選び、シングルの自由さと共同生活の心強さの両方を手に入れた。しかも、ふたりは独身主義だったわけではなく、自分の望む人生を追求したら自然とそうなったという点に希望が感じられるし、それを持続させるために努力する、しなやかで強い意志に勇気づけられる。

韓国では本書に続き、新しい形の家族を描いたエッセイが続々と刊行されている。同性、異性を含め四人の恋人との同居について綴った『より多く愛すれば結婚して、より少なく愛したら同居するんですか?』(チョン・マンチュン著、ホエールブックス、二〇二〇)、一組の夫婦と妻の後輩の三人暮らしを紹介した『三人で家を建てて暮らしていますが』(ウオン、プチュ、トルギム著、九百キロメートル、二〇二〇)、レズビアンカップルの「結婚」をまとめた『お姉さん、私と結婚しませんか?』(キム・ギュジン著、ウィズダムハウス、二〇二〇)などだ。キム・ハナとファン・ソヌのように、従来の家族制度に縛られず新しい家族の形や生き方を模索している人たちが、ふたりに刺激されて自分たちのことを語り始めたのだ。

こうした血縁関係でも婚姻関係でもない「家族」に必要とされるのが、ファン・ソヌが本書の中で訴えている「生活同伴者」のための法的支援だ。ハンギョレ新聞

（二〇一四年十月二十九日付、ウェブ版）によると、統計庁が発表した二〇一〇年の単身世帯率は全世帯の二三・九パーセントで、専門家たちはそのうちの大多数が友人・知人との同居や事実婚、同性カップルだと推測。当時、自らも事実婚をしていた新政治民主連合（現・共に民主党）の国会議員チン・ソンミ氏は、二〇一四年秋に「生活同伴者法案」の提出を試みた。

この法案がモデルとしているのはフランスの民事連帯契約（ＰＡＣＳ）で、血縁関係や婚姻関係でなくとも、異性、同性に関係なく成人ふたりの同意に基づいて同居する場合、家族として必要な社会福祉や法的保護を受けられることを目的としている。しかし、既存の家族制度を脅かすといった社会的反発などから法案提出そのものが棚上げされたままだ。その間にも単身世帯率は増え続けていて、最新のデータ（二〇一九年）によると、三〇・二パーセントとなっており、非婚の若い世代はもちろん、離婚や配偶者との死別によって友人同士で暮らす高齢女性の問題も深刻だという。

日本の単身世帯率も急増している。二〇一五年が三四・五パーセントで、二〇四〇年には三九・三パーセントまで上昇すると予想されている（国立社会保障・人口問題研究所調べ）が、女性なら誰でも一度ぐらいは、年を取ってお互いにひとりだったら一緒に暮らそうと、冗談半分、本気半分で女友だちと話したことがあるのではないだろうか。日本では近年、高齢者だけでなく、現役世代の単身者の孤独死が増えているが、多様な家族のあり方を認め、それを支える法制度があれば、救われる人も多いのではないかと思う。

本人たちも書いているとおり、キム・ハナとファン・ソヌはさまざまな条件がぴったり合った、とても恵まれたケースかもしれない。でも、既存の制度や価値観に振り回されることなく、自分らしい生き方を実現するためのヒントをくれたことだけは間違いない。自分らしい生き方とは何なのか。まずはそれを口に出して、できることからやってみてはどうだろう。ファン・ソヌのように整理整頓が苦手な人は片づけから、あるいはキム・ハナのように、自負できる友達を増やすことから。

二〇二一年一月
清水知佐子

著者：

キム・ハナ

性別・生まれた年：女・1976年

釜山・海雲台出身。19歳の時からソウルに住み、多種多様な住居形態を経験してきた。2016年12月にファン・ソヌと一緒に暮らしはじめ、以前にはなかった安定感と混乱を同時に迎え入れた。最近は、読んで、書いて、聞いて、話すことを生業としている。著書に『話すことを話す』、『力を抜く技術』、『わたしが本当に好きな冗談』、『15度』、『あなたと私のアイデア』（いずれも未邦訳）など。Yes24のポッドキャスト「チェキラウト－キム・ハナの側面突破」の進行役を務めているほか、ラジオ番組などにも多数出演している。

ファン・ソヌ

性別・生まれた年：女・1977年

釜山・広安里出身。18歳の時に海のある故郷を離れてソウルに上京。麻浦区の中で何度も引っ越しを繰り返しながら一人暮らしを続けてきたが、2016年12月からキム・ハナと猫4匹と一緒に暮らしている。20年にわたって雑誌を作り、そのうちの大半はファッション雑誌『W Korea』のエディターを務めた。今は、エディター時代に身に付けたコンテンツ制作とキュレーション技術を生かして仕事をし、キム・ハナと一緒にYouTubeチャンネル「ぺンユニオンTV」（youtube.com/penuniontv）を運営している。

訳者：

清水知佐子（しみず・ちさこ）

和歌山生まれ。大阪外国語大学（現・大阪大学外国語学部）朝鮮語学科卒業。読売新聞記者などを経て翻訳に携わる。訳書に『完全版　土地』2巻、5巻、8巻、11巻、13巻、『原州通信』、『クモンカゲ　韓国の小さなよろず屋』（以上クオン）、『つかう？　やめる？　かんがえよう　プラスチック』（ほるぷ出版）、『9歳のこころのじてん』（小学館）、共訳に『朝鮮の女性（1392-1945）―身体、言語、心性』、『韓国の小説家たち Ⅰ』（クオン）などがある。

イラスト　キム・スジン

校正　円水社

ブックデザイン　眞柄花穂（Yoshi-des.）

女ふたり、暮らしています。

2021年3月6日　初　　版
2024年8月22日　初版第5刷

著　者　キム・ハナ／ファン・ソヌ
訳　者　清水知佐子
発行者　菅沼 博道
発行所　株式会社 CCC メディアハウス
〒141-8205　東京都品川区上大崎3丁目1番1号
電話　049-293-9553（販売）　03-5436-5735（編集）
http://books.cccmh.co.jp
印刷・製本　株式会社ＫＰＳプロダクツ

ISBN 978-4-484-21103-9